断罪

双葉文庫

闇検事 四条多可子

断罪

龍一京

目次

プロローグ

「苦しかっただろう。すぐ楽にしてあげるからね」

田口千世は、皮膚が切れるほど首筋に深く食い込んでいたビニールの紐を外した。

浴衣を身につけた娘佐世子の体と、胸の上で組んだ手はすでに硬直している。

「佐世子、やっと母さんの傍に戻って来てくれたんだね……」

生きている娘に語りかけるようにつぶやいた千世は、放心状態になっていた。

走るワゴン車の荷台に布団を敷き、その上に寝かせている佐世子の遺骸のそばに寄り添い、瞬きもしないで見入っている。

顔の深皺が老女を一層やつれさせている。だが、涙腺はすでに涸れはてているのだろう、瞼の腫れた目に涙はなかった。

もう二度と口をきくことのない佐世子の顔を、皺だらけの手でそっと撫でる。千世は、冷たくなった娘の顔に落ちている乱れた髪を、細く痩せた指で優しくかき上げた。

ヒュー、ヒュルル、ヒュー……。

そこは九州の別府。夜の明けきっていない別大国道の海岸線を潮風が物悲しそうに泣きながら吹きぬけていた。

(佐世子、父さんも母さんも、すぐ、おまえのそばに行くからな……)

首を締め、愛する娘を殺した手でハンドルを握り締めている父親の作治には、妻、千世の呟きは聞こえなかった。運転しているという感覚もなかったし、忘れていた。

（おまえは、親友にまでとりかえしのつかない迷惑をかけてしまった……。娘や私たちをここまで追いつめた宗教が憎い。それもこれも、あの教団のせいだ。あんな教団に騙されなければ、こんなことにはならなかった……）

作治は、佐世子が入信していた教団を強く恨んだ。

まだ未婚で、人として、女としての幸福を一度もつかめなかった娘の命を断つ以外、方法のなかった作治は恨んでも恨みたりなかった。

教団相手に、何をどうすればいいのか。五十年以上も、こつこつと田や畑を耕して生きてきた作治に、何ができるだろう。胸の中に激しい憤りを感じながら、どうすることもできない。教団相手に、何をどうすればいいのかわからなかった。

親の作治から見ると、佐世子の精神状態はまともではなかった。

身も心も宗教に侵されていた。

親の意見には、まったく耳を貸そうとしなかった。そればかりか、噛んで含めるように話し、教団への疑問を投げかけ、注意するだけで半狂乱になって逆らう。そこには親娘の断絶しかなくなっていたのだ。

考えながら運転している作治の目を、時折、対向車線を突っ走ってくるトラックのへッドライトの強い光が射る。

だが、その光さえ気にならなかった。

閃光が一瞬車内を照らす。

次の瞬間、車内はまた暗闇に包まれた。

うっ血して、紫色から土色に変色した佐世子の顔と同様、作治の顔も千世の顔も、まるで死人のように蒼ざめ、血の気を失っていた。

路面から車体に伝わってくる振動が、硬直した佐世子の体を小さく揺らす。

「寒いだろう、こんなに冷たくなって……」

千世は独り言を言いながら、佐世子の横に添い寝した。

両掌で、胸の上に固く組んだ佐世子の手を優しく包み込む。すでに潤いを失っている皮膚はかさかさに乾いていた。

冷たい。まるで体を凍結させたように冷たくなっている。その冷たさは、鳥肌立ち、背筋がぞくぞくするほどおぞましい感じだった。が、そこには母娘の強い絆、情愛があるからだろう。千世には、愛する娘が死んだという感覚はなかった。

「佐世子、天国で会おうね。今度こそ、父さん母さんと三人で暮らせる。もう絶対におまえを離さない。いつまでもいつまでも、おまえは私たちと一緒にいられるのよ……」

千世は生きた娘に寄り添い、いとおしくてたまらないというふうに話しかけた。

作治は終始無言だった。

これまで何度となく宗教をやめさせ、教団から手を引かせようと懸命に娘と話し合った。だがそれは、空しい努力でしかなかった。

精神的にぎりぎりのところまで追いつめられていた作治は、教団を呪った。恨みつらみは妻の千世以上にあった。教主や幹部を、みんな殺してやりたいほどの憎悪を抱いていた。

しかし、なにもできなかった作治と千世には、死を覚悟するしか道は残されていなかった。

作治は妻と相談して最後の道を選んだ。一家心中という最悪な手段を——。

しかし、どんな出来の悪い娘でも、親が我が子を手にかけるとはよくよくのこと。それも、これまで一度も妻や娘に暴力をふるったことのないおとなしい作治が、眠りにつくのを待って佐世子の首を締めて殺したのである。

ワゴン車は、国道10号線を別府から大分に向かっていた。

猿の名所、高崎山のふもとを走っていた。辺り一帯はほとんど人家もなく、静かな場所だった。

国道に沿って日豊線の軌道が並行している。

進行方向に向かって、左側には波静かな別府湾が眼前に広がっており、右手は線路を隔ててすぐ深い山になっている。

作治は無意識のうちに死に場所を探していた。

ちょうど高崎山のトンネルを過ぎた先に『仏崎』という場所がある。道路がわずかにカーブしているところに車が駐車できるスペースがあった。

付近には人影も車もない。

作治は、目に見えないなにかに強く引き寄せられるように、車を停めた。まさか、仏の導きがあったわけでもないだろうに——。

エンジンをかけたまま、黙って車を下りた作治の足は重かった。

顔は引きつっている。

落ち込んだ眼に精気はない。ただ異様というか、思いつめた固い表情をしていた。

車の横に、重い足を引きずるようにして運んだ。側面のドアを開ける音が、岩肌を打つ波音に混じり、ガタンとかすかな響きを立てて、空気を振動させた。

冷たい風が、ヒューッと悲しげに啼きながら車内に吹き込む。

千世はしっかりと佐世子の手を握りしめ、遺体に覆い被さって、じっとうずくまっていた。

「千世……」

作治がはじめて口を開いた。

それは、妻の気持ちを確かめる最期の言葉でもあった。

力なくゆっくり頭を上げた千世は、すでに死を覚悟していた。瞬きもしないで、夫、作治の顔をじっと見つめた。

だが、その目に恐怖はない。蒼白な顔に薄い笑みさえ浮かべている。むしろ、娘のところへ行ける、そんな安堵の表情を見せていた。

作治は納得したように、二度、三度と頷いた。

互いに顔を見合わす二人に、言葉はない。無言のうちに死路への旅立ちを確認し合っていた。

それはほんの瞬時だったが、長年連れ添ってきた夫婦だけがわかりあえる無言の会話だった。

作治の手が、荷台に積んでいた赤いポリバケツにかかった。

震える指先でフタを取る。中にはガソリンが入っていた。

ポリバケツを抱えた作治は顔を伏せ、息を詰めると、いきなり頭からガソリンを被った。

着ている服に染み込んだガソリンが、強い揮発性の臭いを一面に漂わせた。

だが、その鼻を刺すような刺激も、すでに感じなかった。

ずぶ濡れになった作治は身を屈め、車内に潜り込むと、ドアを閉めた。

じっと体を丸め、手を合わせている千世と佐世子の体に、どぼどぼとガソリンを振りかけた。

服がべとべとになる。遺体を寝かせている布団がその油を吸い込んだ。

残りのガソリンを床に流す。

空になったポリバケツを置いた作治は、ポケットからライターを取り出した。

二人は佐世子の遺体を挟むようにして向かい合い、険しい表情を向けあって再び頷き合った。

千世が遺体の上に俯せになり、うずくまった。

作治の顔が強張った。

「死んで、あの教団を呪ってやる」

憎しみを込めて呟いた作治の手が、ぶるぶるっと震えた。

相変わらずエンジンはかかったままだが、その振動を感じる心の余裕はない。

ライターを胸の前に持ってきた作治には、もう考えるだけの思考力はなくなっていた。

「佐世子――――！」

目を閉じて叫んだ作治の手が、小さく動く。

瞬間、ボッと音を立てて炎が燃え上がる。

作治の体がみるみる炎に包まれた。

炎が狭い床を一気に這い、千世と佐世子の体を包み、あっという間に車内に燃え広がった。

第一章　策略の構図

1

午前六時半過ぎ、シスターの松崎継子《まつざきつぎこ》は心地よく目が醒めた。

そこは東京・世田谷区にある『聖マリエス神霊教団』。

三百坪はあるだろう、広い敷地に建てられた三階建ての別棟。最上階にある教主戸田《とだ》貴人《たかと》の娘、聖香《せいか》の寝室に、継子は泊まっていたのだ。

（よかった、何もなくて――）

カーテンの閉まった、薄暗い部屋の中で目を開けた継子は、朝まで起こされなかったことを、神に感謝した。すぐ横のベッドでは、聖香がまだぐっすり眠っている。

戸田は七十八歳の高齢である。腎臓結石がひどくなったこともあって、このところめっきり弱っていた。

教団を創設し、神同然に崇められ、病気治しで信者を増やしてきた戸田も、老衰と病にはどうにも勝てないらしい。

信者は奇跡の起きることを願い、祈り続けているのだが、ほとんど寝たきりで、まったく回復の兆しは見えなかった。

(医者はもう長くないと言っているけど……)

継子はふと、戸田が死んだあとのことを考えた。今年三十歳になる聖香は、実の娘ではない。養女だった。

戸田は若いときから信仰一途に生きてきた。神にすべてを捧げてきたこともあって、一度も結婚したことはない。

新興宗教とか新宗教、新々宗教といわれている教団の多くは、教祖や教主と言われている者が一代で築き上げている。

教団には、今も、これから先も、莫大なあぶく銭が転がり込んでくるし、教主になれば、神の名の下に絶対的な権力を握ることができる。

教団を創設した教祖なり教主は、そのことを一番よく知っている。だから世襲制で後継者を選ぼうとする。つまり、聖香は戸田の後継者として育てられていたのだ。

(教主さまが死ねば、これまでのように内部がまとまるだろうか……)

継子は、聖香がすんなりと教主になれるとは、思わなかった。おそらく、幹部の造反があるだろう。いまのうちになんとかしなければ手遅れになる、と考えていた。

教団を外から見ると、教主を中心にして幹部から末端信者に至るまで、強い心の結びつきで結束している、かに見える。

ところが一皮剝けば、宗教団体の持つ独特な柔らかく穏やかな雰囲気とは裏腹に、教団の中には派閥があり、対立する構造がある。そこには、内部のどろどろした権力争いが渦巻いているのだ。

（新浜《にいはま》教務部長は小平《こだいら》牧師の動きがおかしいというが……）

継子は暗い気持ちになった。

もしかすると、二人の意見が対立して衝突するかもしれない。そんな空気を感じていた。

（私がいくら考えても、どうにもならないことだけど、でも……）

と、継子は顔をくもらせた。

このところ継子も聖香も、毎日戸田につきっきりで看病していてあまり眠っていなかった。

たまたま昨夜は、戸田の病状が落ち着いていたこともあって、聖香と二人、疲れきった体を久しぶりに休めたのだ。

継子はベッドに横たわったまま、フーッと大きな息を吐き、長い手足とスリムな体を伸ばした。悩ましいほどいいプロポーションをしていた。

頭がくらくらする。

極端に痩せているというほどではないのだが、多少血圧が低いせいもあって、どうも朝起きるのが苦手だった。

寝起きにシャワーを浴びて、熱めの湯を頭からかけて体を温めると気分がすっきりしてくる。だから目が醒めると、すぐ浴室に入ることが習慣になっていた。

継子はさっぱりしたかった。

掛けていた布団をめくり、眠っている聖香の顔をのぞき込むようにして見つめながら、そっと上半身を起こした。

「うう……」

継子の動く気配を感じて聖香が目を醒ました。

「お目醒めですか」

「——よく眠れた……」

「申し訳ありません、起こしてしまって」

「いいのよ、気を使わなくて……それより、ゆっくり休めた？」

「はい、おかげさまで……」

継子はベッドを離れ窓際に近づいた。

足の動きに合わせて、むっちりした臀部が震えるように揺れる。細い体からは想像できないほどの豊満なバストが、重そうに揺れた。

継子はカーテンを開けた。

さっと、部屋いっぱいに明るい陽が射し込む。

眩しくて思わず目をつぶり、顔を伏せる。少ししてそっと顔を上げ、目を開いた継子の体を、柔らかい光が抱擁する。

窓を開けた。

新鮮な空気が爽やかに流れ込んでくる。その風を体いっぱいに受け、窓の外を見て大きく息を吸い込んだ継子は、また気持ち良さそうに両手を高く上にのばして背伸びした。

ネグリジェの薄い布地を通して、のびやかな美しい肢体がくっきり浮かび上がる。

滑らかな女体は、まるで永遠の処女、マリアの像を思わせた。

（教主さまは、後継者のことを気にしておられたが……）

継子はそんなことを考えながら、

「シャワーを浴びてきます」

と聖香に声をかけて浴室へ向かった。

部屋は聖香だけの完全なプライベートルームだが、お付きのシスター継子だけは、自由に入れた。

継子は、ゆったりしたバスルームが特に気に入っていた。

歩きながら、耳の後ろに右手をのばし、肩口まである黒い髪を何度もかき上げた。

(なんだろう? この臭い、いやな臭い……)

継子が眉根を寄せた。

それは生魚のような臭いでもあり、なにか反吐《へど》が出そうな、なんともいえない、いやな感じの悪臭だった。

(いやだわ、なぜこんな臭いがするんだろう……)

表情をくもらせた継子の腰は、引けていた。

恐さはあったが、なんの臭いか確かめたいと思った。気を取りなおし、壁にはめ込まれたスイッチを押し、電灯を点けて脱衣室へ入った。

恐る恐る顔から手を離し、伏せた目を上げた。瞬きもしないで浴室の中へ目線を向けた。

浴室のドアが二〇センチほど開いている。

隙間から浴室の中を見る。真っ赤に染まった壁面と床のタイルが目に飛び込んできた。

(あれは血……)

背筋にゾクッと冷気が走り抜ける。

ごくりと生唾を飲み込む。

顔から、みるみる血の気が引いた。

見開いた眼が恐怖に怯えている。

目尻の筋肉が激しく痙攣し、わなわなと唇が震えた。

気持ちが動転し、心臓が破裂するほど高鳴り、テンションを上げた。

足がすくみガクガクした。

反射的に逃げようとするが、焦る気持ちとは裏腹に体が動かない。まるで金縛りにあった時のように、意思に逆らい、思い通りに足が前に出なかった。

恐いと思えば思うほど、よけいに浴室の中が気になる。

それでも、神を信じ強く信仰しているせいか、体を震わせながらも気丈だった。

（落ち着くのよ、落ち着かなければ）

と、自身に言い聞かせた継子は、心のどこかに恐いもの見たさの心理もあったのだろう、どうしても中を確認しなければ、とそんな衝動にかられた。

となぜか、今まで硬直していた体が動いた。

これまで、足の裏に接着剤がついているのではないか、と思うほど床から離れなかった足が、軽く持ち上がった。

逃げ出したいという気持ちが薄れてきた継子は、強張って固くなった手でノブを握り、恐る恐るドアを押し開けた。

(ウウッ! 誰が、誰がこんなことを……)

継子は思わず目を背けた。

悪寒が胸の奥を突き上げる。

「アウ、アウ、ウウッ……」

立ち竦《すく》んだ継子の顔から、さっと血の気が引いた。手に握っていた下着が床に落ちる。

下唇が少し厚いセクシーな口元と、高い鼻の先を思わず両手で覆った継子は、目を剥き、強張らせた顔を引きつらせた。体がぞくぞくして冷たくなり全身に鳥肌が立った。

喉元まで出そうになった悲鳴が詰まって前に出ない。聖香を呼ぼうと叫んだつもりが声にならなかった。

反吐が出そうになるのをぐっとこらえた継子の目に、異様な惨状が映った。

人間の死体こそなかった。が、バスタブにかけたフタの上に、首を切断され、血だらけになった猫の頭が据えられていた。

そればかりか、その両眼が抉り取られている。すでに凝固しかけて、どす黒くなった血みどろの床の上に、その抉り取った眼球が無雑作に捨ててあった。

タイルにへばりついた白眼が、じっと睨みつけているように見えた。

ぶるぶるっと体が震える。

激しく打ち続ける心臓の鼓動が治まらない。

頭がくらくらする。

体内の血液がすべて失われた感じがして、今にも貧血を起こしそうだった。

（惨《むご》い……誰がなぜ……）

継子は、冷静に冷静にと思いながら気持ちを鎮め、何度も大きく息を吸い込む。

（この部屋には、聖香さまと私しか入れないはずなのに……）

継子はむしろ、目前にある猫の死骸より、その方に強い恐怖を覚えた。

誰かが部屋の中に入ってきたのは事実。昨晩、風呂をつかったが、そのときには異常なかった。

看病疲れがあったせいだろう、体を横たえると、すぐに眠り込んでしまって、物音にはまったく気付かなかったが……。

もし、眠っている間に忍び込んだ者が、首を締めるか、刃物を持って襲ってきたら、今頃私たちもあの猫のようになっていたかもしれない――。

継子は殺害された自身の姿を想像して、ぶるっと身震いした。

（でもこれは私たちを殺すのが目的ではない。殺すつもりなら、簡単に殺せたはず。そうだとすると、誰かが私たちを脅そうとしたか、イヤがらせをしたことになるが――）

教主戸田の命がいつまで持つかわからない。そんな時にこんな事件が起きたとなれば、さらに信者は動揺する。

こんなことがもし信者に知れ、悪い噂が広まっては大変なことになる。誰も気付かないうちに何とか処理しなければ――。

そう冷静に考え直した継子は、焦る気持ちを抑え急いで浴室を出ると聖香のもとへ走った。

2

連絡を受けた教団の最高幹部である教務部長の新浜常夫《ときお》と、企画広報部長の牧師小平良《りょう》が、すぐに血相を変えて聖香の部屋に駆けつけてきた。

教主戸田の容態がおもわしくなかったことから、教団のおもだった者全員が教務所に泊まり込んでいたのだ。

継子からかいつまんで事情を聞いた二人は、部屋に聖香を残し、取るものも取りあえずバスルームをのぞいた。

「ううっ、なんだこれは……」

ドアを開けた新浜が唖然として立ち竦んだ。

左手で鼻と口を塞いだ小平が眉間を寄せ、顔をしかめた。

換気扇のまわっていない室内には、鼻がひん曲るほど血腥《ちなまぐさ》い悪臭が充満していた。目の当たりにするあまりのむごさに、気が動転していたのか、誰も換気扇をつけ、悪臭を抜くことにまで気がまわらなかった。

しかし三人は、さすがに教団の幹部だけのことはある。顔を引きつらせ、足をガクガクさせながらも、その場に踏み留まり逃げ出さなかった。

（誰がなぜ、なんのためにこんな陰湿なイヤがらせを……）

冷静に考えた継子は気丈な女だった。

今年三十六歳になる。元、占い師をしていた継子が『聖マリエス神霊教団』に入信したのは七年前。その一年後に夫と離婚し、以来独身を通している。

熱烈な恋愛の末につかんだ甘美な結婚生活も、わずか六年でもろくも崩れた。

サラリーマンだった夫は小心だった。

外で何か嫌なことがあると、意味もなく継子にその矛先を向けた。

深酒をしては暴力をふるう。上司が、同僚が気に入らないと言っては仕事を休み、ぶらぶらしていた。給料はほとんど継子に渡さず、競輪や競馬に注ぎ込むばかりか、外に女までつくって遊びまわる。占いで稼いだわずかばかりの金も、むりやりひったくっては女に貢いでいた。

他人の過去、現在、未来は占えても、自身のことは占えなかったらしい。夢見た蜜月の生活が、一転して地獄の生活となった。そんな我慢の生活に耐え切れなくなった継子の気持ちは、急速に冷えていった。

継子の生活は荒れ果てていった。そして、しだいに酒に溺れるようになった。頼りになるのは、金だけであった。心のよりどころを求めて、継子が入信した動機は、そこにあった。

宗教と占いは紙一重という。だから宗教の世界にも入りやすかったし、躊躇《ちゅうちょ》はなかった。

淋しさと辛さを忘れたい。

継子はなりふり構わず信仰に没頭していった。だが、それが裏目に出た。最悪な結果を招いたのだ。

宗教嫌いで、神の存在などまるで信じてなかった夫との仲が決定的に崩壊した。

幸い子供がいなかったこともあって、かたくなに離婚を拒む夫と裁判離婚した。そして教団に専従、活動を続けてきたのだ。

「よかった、聖香さまになにもなくて……」

継子が呟いて胸を撫で下ろした。

その言葉に誘発されるように、黙り込んでいた長身の小平が甘いマスクをひそめ、重苦しい空気を割って話しかけた。

「教務部長、警察に届けますか」

「いや、それはまずい……」

新浜が猫の死骸を見つめたまま、ぽつりと答えて、睨みつけるような険しい表情を小平に向けた。

細い目を瞬きもさせないで、じっと考え込んでいる新浜のオールバックにした白髪と、額に深く刻み込まれた横皺が苦悩を滲ませている。

でっぷりと肥えて、二重になった顎の先を、左手の指でつまむようにして撫でながら、厳しい表情を崩さなかった。

恰幅の良い新浜は、十二年前、教主の戸田が教団を創設する以前から行動を共にしている。教主の片腕として、陰になりひなたになって、五十六歳になる今日まで裏から支えてきた。

それだけに教主戸田の信望も厚かった。実質的な教団の運営はすべて任されていたし、新浜自身が取り仕切っていた。入信して九年になる三十九歳の小平も一目置いていた。

小平は元、大手商社に勤めていたエリートだった。将来の出世が約束され、保証された職場にいながら、それを棒にふって宗教の世界に身を投じたという変わり者である。

もちろん退職するにはそれなりの理由があった。小平が宗教と関わりを持つようになったのは、職場での人間関係がうまくいかなかったためである。

性格的に神経質だったせいもある。社内の上司や同僚と意見が対立し、孤立することが多かった。

そのことが原因で将来を悲観。出世はできないと考え、苦しみ悩みぬいた末、苦労して入った商社を捨てたのだ。

しかし、小平はもともと頭の切れる男。水が合うとはこのことだろう。いくつかの教団を渡り歩いたあと『聖マリエス神霊教団』に入信し、専従するようになって、持ち前の能力を発揮。頭角を現したのである。

今では教団の中心にあって、理論武装を一手に引き受けている。ゆくゆくは聖香と結婚するだろう、と信者の誰もが噂していたし、疑う者もいなかった。

「聖香さまを妻に迎えることができたら、教団の実権は握れる——」

もちろん、まだはっきり聖香と婚約していたわけではない。だが小平は、もうすっかりその気になっていた。

聖香は教団の後継者。いずれ教主となる立場にある。小平は教主としての聖香と、一人の魅力を持った美人女性としての聖香を見ていた。それで継子から連絡を受けたあと、真っ先に駆けつけて来たのだ。

「教務部長、たぶん、これは誰かの悪質なイヤがらせだとは思いますが、このまま事実を伏せてしまいますと、第二、第三の事件が起きる可能性があります。それより、この際思い切って世間に公表する方がいいと思うのですが」

　小平が、考え考えながら進言した。

「いや、このようなことが外部に漏れれば、教団の信用を著しく失墜させる。それに教主さまの容態がおもわしくないこの時期、マスコミから興味本位にとりあげられて不要な誤解や憶測を招くのは、なんとしても避けなければならない」

「しかし、聖香さまのことを考えますと……」

「聖香さまは理解してくださる。幹部のわれわれが動揺すれば、信者に無用の動揺を与える。なんとしても内密に事を処理しなければならない。それが教団を預かるわれわれの責任というものだ」

　新浜が厳しい口調で、公にすることを反対した。

「お言葉ですが、教務部長の立場、気持ちはわかります。しかし、こんな非常識なイヤがらせをする相手はとても正常だとは思えません。聖香さまの身に何か起きてからでは、それこそ取り返しがつきません」

「そんなことは言われなくともわかっている」

「でしたら二度とこうしたことがないよう、事前に手を打つべきではないでしょうか」

「聖香さまはわれわれの手で厳重に警備し、お護りすればいい」

「厳重な警備をするといいましても、ある程度信者に事実を話さなければ、万全の態勢は取れません」

「ごく小人数の幹部だけに知らせればいい、教団の専従者が交替してお護りするのだ。それより、誰がこのようなことをしたのか、私たちの手で事実関係をはっきりさせなければならない」

「そうは言いましても、われわれが警察や探偵まがいのことをするわけにはいかないじゃありませんか。もし何かあったとき、一体誰が責任を取るのですか」

小平は不満をあらわにして強く反発した。

継子も新浜の考えには納得できなかった。

こうしたことは隠し通せるものではない。どんなに口止めしても、どこからか必ず漏れる。そのときに慌てても逆効果だ。かえって不審を招き、疑われて、あらぬ腹を探られるだけだ。

やはり、事実は事実としてみんなに知らせるべきだ。このまま黙っていたら、マスコミや他の教団につけ入る隙を与えることになりかねない。

これだけのことがあっても警察に届けないとなると、マスコミは変に勘ぐるだろう。それに、誰が何を考えて、こうした行動に出たかはわからないが、このまま放置していたらどんどんエスカレートして、今度は本当に聖香さまの命を狙うかもしれない――。と思い、ふと猫の頭と聖香をダブらせて考えた継子は、思わずゾクッと身震いした。

しかし、新浜は腹の中で別のことを考えながら、小平を苦々しく思っていた。

たかが入信して十年足らずの若僧に何がわかる。聖香さまとの噂が取り沙汰されていることに慢心して最近態度が変わってきた。いま信者を動揺させればどういう影響が出てくるか、そんな簡単なこともわからずに、私に意見するなどもってのほかだ。

新浜には、戸田教主と苦労して教団を創ったという自負があった。

小平は野心を持った男だ。たぶん、戸田教主が亡くなり、聖香さまが後を継げば、実権を握れると考えている。しかし、私の目の黒いうちは絶対に勝手な真似はさせない。

いま信者は教主さまの病気回復を願い、真剣になって祈り続けている。今こそ信者のそうした純粋な心を一つにまとめる時、より強い連帯意識を持たせる絶好の機会だということもわかっていない。

教団は信者が命。教団あっての信者、信者あっての教団だということが小平には理解できていない。権力がすべてと考えている。

戸田教主が私の立場なら同じことを考えただろう。経験の浅い小平は、理屈の上、頭の中ではなにもかもわかっているつもりになっているが、信者のまとめ方さえわからないで、どうやって十二万の信者をたばねてゆけるのか――。

と考えた新浜は、胸の中で苛つく感情を抑えて、

「小平君、私の言う通りにしたまえ。すべての責任は私が負う。いいかね、教団の方針を決める権限は私にある。絶対に信者たちに気付かれてはならん。すぐにここを片付けたまえ」

と、強い口調で命令した。

教団内にあって、地位は新浜の方が上である。小平はそれ以上、逆らえなかった。

（偉そうに……。そのうち、必ずこの教団を手中に収めてみせる。いずれ教務部長は私の下で働くか、教団から去るようになる。それまでの辛抱だ――）

小平は腹の中で冷笑しながら、命令されるままに動いた。

継子からバスタオルを受け取った小平は、上衣を脱ぎ、顔を背けながらバスルームへ入って猫の頭を包み込んだ。

その包みを新浜に渡し、壁に掛けてあるホースを手にしてシャワーの栓を捻る。勢いよく吹き出した温水が、タイルに付着し、固まりかけていた血を勢いよく跳ねた。

飛び散った血が顔にかかる。その血を拭いながら頭からずぶ濡れになった小平は、私がなぜこんなことをしなければならないか、と不満に思いながら、仕方なくシャワーの湯で猫の血を洗い流した。

3

そこは西新宿の超高層ビルの三十六階。

三十一歳になる石川彰子《いしかわあきこ》の経営する、株式会社『東京総合心理研究所』のオフィスである。社長の彰子は山本恭子《やまもときょうこ》から宗教相談を受けていた。

「私は破産するしかなかったんです……」

コンピュータ関係の会社に勤めていたＯＬの山本恭子が、眉根を寄せて美しい顔をくもらせた。

うつむいた顔に暗い影をにじませながら溜息ばかりをついている。

「しかし、その『泉霊の里』という教団に納めたお金というのは、あなたのお友だちの意志で自発的に寄付したものではないのですか？」

彰子が首を傾げながら聞いた。

「いえ、教団から脅されてしかたなく……」

「脅された？　穏やかじゃないですね」

「彼女に先祖の迷った霊がついている。供養しなければ、本人はもちろん、親や兄弟が死ぬ。災いや不幸が身にふりかかってもいいというのなら別だが、死にたくないのならいまのうちに供養しなければ取り返しのつかないことになる。もし家族が死んだらあなたが殺したことになる。それでもいいのですね。といわれたそうです……」

恭子が目に涙を浮かべ、小さく震える唇を嚙んだ。

大きくうなずいた彰子は、チラッと恭子に視線を投げかけて、

（いまはやりの霊視、霊感商法か……それにしても、取るほうも取るほうだわ。しかし三千万も注ぎ込むとは……）

と考え、腹立たしく思いながら確認するように聞いた。

「それで、お金を払ったのね」

「はい……入信してすぐ、信者が一緒に銀行までついてきて、定期預金を解約させられ、いろんな金融業者のカードを作らされたそうです」

「彼女に、何度も連帯保証人を頼まれて、おかしいとは思いませんでした？」

「いま考えるとそうですが、でもその時は……」

うつむいたまま話した恭子は恥ずかしがった。

あまりにも浅はかだった自分に、腹立たしささえ感じていた。

もしあの時、私が冷静だったら、こんなことにはならなかったのに……。と思うと、自分がしたこととはいえ、悔やんでも悔やみきれなかった。

「ところで山本さん、お友だちがこれだけ多くある教団の中から、宗教法人『泉霊の里』を選んだ理由はなんだったんでしょうね。新聞のチラシかなにかで？」

彰子が入信のきっかけを聞いた。

「いえ、会社の帰りに渋谷の駅前で、あなたは今、幸せですかって聞かれたらしいんです。それがきっかけだと……」

「あの辺りはけっこう多いものね」

「ええ……」

「それで、あなたが破産したことについて、その女性はなんと言ってるの？」

彰子がさらに詳しく聞いた。

「はい、それが……いまどこにいるのか……」

恭子がまた、喘ぐように深くため息をついた。

「連絡が取れないの？」

「はい、布教活動に出たらしくて……」

勧誘して、いろいろな脅しをかけ金を出させる。たしかに霊感商法や霊視商法で、弱い立場の者からあくどく金を取っていることは、多くの訴えから間違いない事実だ。

ただ、本人や家族の命や体、それに、自由とか名誉、財産に害を加え、脅迫したということが証明できればいい。しかし、本人がそう言うだけでは――。

霊の存在というものを利用して脅しの手段につかったことを教団側が認めればいいが、おそらくそれは無理だろう。

人の弱みにつけこんで金や物を脅し取れば恐喝の罪になるが、なにしろ、霊などというものは目で直接確認できるものではない。まして、いくら検察や警察が、霊の存在など絶対にあり得ないと言っても、実際に宗教に身を投じ、信じている者が霊は存在していると言えば否定はできない。実証する手段はなにもないのだ。

しかし、理由はともかく、自らの意志で金を出し連帯保証人になったのであれば、たんなる金の貸し借りにすぎない。よほど慎重に証拠がためをしなければ犯罪として成立しないだろうし、立証するのは難しい。

しかも信教の自由は憲法で保障されている。まかり間違えば、国家権力が特定の宗教を弾圧しているといわれかねない。だから、警察としてもこの種の事件は、より慎重にならざるをえないだろう。

いずれにしろ、ただ脅されたといっても、ただちに脅迫や恐喝の罪が成立するわけではない。

（まあ、私は専門家ではないから……）

彰子は検事の四条多可子《しじょうたかこ》と刑事の神島弘之《かみしまひろゆき》に相談しなければ、と考えていたのだった。

恭子が部屋を出たとき、外はもう暮れていた。ぼんやりと考えていた恭子の頭の中は一杯だった。

宗教の問題だからだろうか、警察にも訴えたが、力を入れて教団を調べてくれるような感じではなかった。

(幸せになりたくて神を信じた者を陥れるなんて許せない。でも、こんなことになるとは——)

恭子は神を恨み、教団に、憎しみのこもった激しい怒りさえ抱いていた。

(借金をして親にも迷惑をかけているから、このまま実家へ帰るわけにもいかない。でも、もうお金なんて借りるところはないし……。佐世子はどこへ行ったんだろう)

と考えながら歩いていた恭子は、頭が混乱していて、これから先どうすればいいのか解らなかった。

4

午後十時すぎ、外はとっぷり暮れている。

『東京総合心理研究所』の会議室では、社員が引き揚げたあと、検事の四条多可子を中心に、社長で元薬剤師だった石川彰子、捜査二課の部長刑事神島弘之、右翼を率いている原田《はらだ》省二《しょうじ》、建設官僚出身で今は会社に常勤している釣り好きの布施《ふせ》洋樹《ひろき》、銀座のクラブ『ローズ』を経営している、元新体操の選手だったママの渡辺《わたなべ》瑞帆《みずほ》、五人の幹部がテーブルについて打ち合わせをしていた。

「社長、今日の集金分です。明細はここに」

四十五歳と最年長の布施が、銀縁のメガネを手で押し上げながら報告した。

「ご苦労さまでした」

二千万円の金額が記載されている明細書の数字を見ながら、丸い二重瞼の大きな瞳を細めた多可子が満足そうにうなずいた。

彰子がこの『東京総合心理研究所』を設立して、もう五年になる。

『宗教コンサルタント』として発足した会社だったが、いまは『総合コンサルタント』を表看板にして、他に社員を十人ほど使い相談業務を行っている。

しかし、社長は彰子であっても、会社設立を考えたのは現職の若き美人エリート検事の四条多可子だった。

多可子は学生時代クロスボーの選手で、運動なら何でもこなしていたというスポーツウーマン。スリムな体型をした一七二センチの長身と肩まである黒々した艶のある髪が実に美しい。日本人にしては彫りが深く、はっきりした顔立ちをしている。二重瞼の大きな瞳も魅力的だが、下唇の少し厚いセクシーな口元が、特に印象的な女性である。

二十八歳の多可子が、検事という肩書を持ちながら、その一方でこの法人を彰子につくらせたのには、それなりの理由があった。

いまから五年と少し前、当時、『聖マリエス神霊教団』の顧問弁護士で、多可子の婚約者でもあった石川年夫《いしかわとしお》が、結婚を目の前にして殺された。

その関係で、兄の死について疑問を抱いていた彰子と手を組んだのだ。

表の顔とはまるで違う閉鎖的な宗教団体という特殊性もあって、捜査は難航。その後、やっと犯人は逮捕されるにはされたが、心神喪失、つまり、精神に異常をきたしていたという理由で、無罪放免にされたのである。

その後、犯人の江森という男は、罪を悔いるためと言って『聖マリエス神霊教団』という宗教団体に信者として逃げ込み、教団の中からまったく出てこなかった。

ところが、信者からの情報を集めてみると、その江森は自殺したというのだ。

自殺が本当かどうか調べてみると、たしかに医師そして役所から、火葬するために必要な書類、死亡証明書が出ている。しかし、多可子も彰子も納得できなかった。

もしかしたら、江森は口封じのために殺されたのではないだろうか、と思い、調べをすすめるうち、どうも事故死らしいという噂が出てきた。

殺人という凶悪な事件に決着がつき、罪を悔いるためと信心しはじめた男が、突然事故死するというのもおかしな話である。事件の背後に教団の影が見え隠れしているような感じがしてならなかった。

（教団が裏で糸を引き、あの男を操っていたのではないのだろうか……もっと詳細に調べてみる必要がある――）

と強い疑いを持ったが、教団が殺害を命令したという証拠はなにもない。それに信者の口も固い。事件の真相に疑問を抱いた多可子は、なんとしても真実を確かめたかった。

多可子はこれまで、相続や保険金に絡む凶悪な殺人事件や、政治家の金にまつわる疑獄事件など多くの事件に携わってきた。

世の中、悪いやからがうようよしている。ところが、悪人ほど陽の当たる場所で、のうのうと大手を振って生きている。厚顔無恥に——。

しかし、法は絶対ではない。悪を保護し、真実を曲げてしまうこともあるのだ。

心神喪失で無罪になった加害者の江森はそれでいいかもしれない。しかし、殺された年夫は永遠に戻ってこないのだ。そのことをつくづく思い知らされた多可子は、本物の悪を悪として法律で裁くことができないのなら、あとは法を頼らず私刑を科すしかない、と考えこの会社を創ったのだった。

多可子はどうしても真相を究明しなければと思っていた。世間の目を欺き、裏で悪を操る極悪人をどうしても許すことができなかった。

もちろん現職の検事が法を無視して断罪を科すことなど許されるはずはない。そんなことは百も承知だった。

いつしか誰が言いはじめたのか、法で裁けない裏の仕事を引き受ける『闇の断罪人』

がいると、ひそかに噂するようになっていたのだ。

そのとおり、この『東京総合心理研究所』は特殊な、いわば秘密結社的な裏の顔が本業だった。

組織は表向き株式会社という形態を取っているが、幹部の全員が常勤しているわけではない。

二年前に検事と刑事という関係から多可子の過去を知った上で男と女の深い仲になり、手を組んだ神島は、柔道四段で、銃をもたせたら右に出る者はいないといわれている現職の刑事である。

そして、三年前にやはり事件を起こし、検事の多可子から取り調べられた関係から組織に入った原田は、元ヤクザでいまは右翼の看板をかかげている。

さらに、二年前に幹部になったもと新体操の選手だった瑞帆は、原田がよく利用していた銀座のクラブ『ローズ』を経営している。

つまり、社長である彰子を除き、多可子を含めた四人は、いわば影の幹部なのである。

（布施さんも、やっと気持ちがふっきれたようね。暗い顔も見せず、本当によくやってくれる。でも、息子さんを亡くし、奥さんがあんな状態になって、よく神経が切れなかったものだわ――）

多可子は、本当に立ち直ってくれてよかった、と心から思った。

すらっと背の高い布施は建設省に勤めていたというだけあって、なかなか頭も切れる。話し方も落ち着いていて、そつがない。一見ひ弱な感じはするが、いかにも知的でしっかりしている。そんな印象の男だった。

(布施さんが政財界に太いパイプを持っていてくれるおかげで、仕事がスムーズに運ぶ。しかし、完全に家庭を崩壊させて、これからさきも心が休まらないでしょうね——)

多可子は考えながら同情していた。

その布施は不幸というか、運の悪さを絵にかいたような男だった。

学歴もあって、超エリートというわけにはいかなかったが、建設省では財務担当の課長という肩書をもち、真面目に勤務していたのだ。

だが、悪夢は三年半前に起きた。

上司に命令され、断りきれずに何度か同伴した大物政治家との接待ゴルフがもとで、二十年以上勤めた職場を追われるはめに陥った。

そのとき来ていた業者が贈賄の罪に問われ、逮捕された。そのあおりをくって収賄の罪で起訴され懲役一年二カ月、執行猶予三年の有罪を言い渡されたのである。

ところが悪いことは重なるもの。たった一人の息子が、友達のバイクに乗り、無免許で人身事故を起こした。しかも本人は即死し、撥ねた相手の子供も翌日死んだのだ。妻の宏美《ひろみ》が布施の事件のことで神経をすりへらし、くたくたになっていたところへ持ってきての事故である。そのショックがもとで、宏美は張りつめた神経が切れたのだろう、気の毒に精神障害を起こして入院した。

いまでは、布施が病院へ面会に行っても夫であることはもちろん、顔さえも覚えていない。医師の話では、残念ながらほとんど回復の見込みはないという。贈収賄事件を境にして、何もかも狂ったのだ。

ところが、せっかく築きあげた幸せな家庭が一夜にして破壊されたというのに、当の政治家はまったく咎められることもなく、大臣にまでのしあがり、のうのうと権力の座に居座っている。

権力者は、より強大な権力を求め、握ろうとする。その行く手を阻もうとする者がいれば、陰に陽に攻撃を仕掛け、利益にならないと思えば血も涙もなく切り捨て、陥れようとする。

神に誓って悪いことはしていないと思っていた布施は、政財界にうごめく利権あさりの欲と、どろどろした非情な権力の構造に、強い不満と反感を抱くようになっていたのだ。

弱り目にたたり目、とはこのこと。事故の後始末と入院費がかさむというのに、実刑を科せられたということで懲戒免職になり、退職金は一円も入らなかった。

困り果てた布施は、ワラにもすがるつもりで別の大物政治家竹緒祐輔《たけおゆうすけ》に借金の相談をもちかけた。

しかし、結果は見えていた。建設省を辞めた人間などもう利用価値はない。まして
や、罪人とこれ以上関係を持ち続けると、将来の出世の妨げになると思ったのだろう。

秘書から体よく断られた。

途方にくれた布施が多可子から声をかけられ、金を出してもらったのは、そんなどん底の状態にあったときだった。

当時多可子は、政財界を巻き込んだ贈収賄事件の担当をしていた関係で布施とは面識があったし、すべての事情を知っていたのである。

「検事、『宇宙真心教』の宗教法人設立の件ですが」

布施が長身の体を折るようにして、さらに報告を続けた。

「どうでした？　あの占い師、教祖になることを承諾してくれましたか」

「はい、金の話をしたら、とたんに乗り気になりまして。ちょうど本人も宗教を興したいと考えていたところだったようです」

「それはタイミングが良かった。でも、手続きのほうはどこまで進んでるの」

「いま国会議員に頼んで、担当の役人に圧力をかけていますから、やがて許可は下りる

と思います」

「それじゃ検事、当初の計画どおり、五億で話を進めてよろしいですね」

着物の襟元をふっくらした先細りの指で直しながら、眼を輝かせた瑞帆が、唇に匂うような色気のある微笑を浮かべた。

銀座のクラブの客で、ラブホテルのオーナーの景山という男から、宗教法人を創るか手に入れてほしい、と頼まれていたのだ。

「そうね。ただし、すべて裏金ということで」

「わかりました」

声をはずませた瑞帆の返事を聞きながら、多可子は考えていた。こんなときのために政治献金という名目で『東京総合心理研究所』から、議員には金を握らせているのよ。少しはこっちのために働いてもらわなければ――。

裏の仕事に綺麗事は通じない。金、人、物をふんだんに使わなければ悪を断罪することはできない。税金のかからない金がいくらあっても困ることはない。

どうせ景山は、ホテルの上がりを宗教法人でカモフラージュして脱税を考えているか、転売して儲けるつもりなのだろうが――。

神島さんと原田さんの調査によると、景山の経営しているラブホテルは、毎月確実に五千万円以上儲けているという。たとえ、宗教法人を五億円で買わせても、ものの十カ月もあれば元が取れる。決して相手にとっては高くない買い物のはずだ。

占い師を教祖にしたてあげ、節税対策を考えている企業に、宗教法人登記を済ませた新しい教団を高い金で売りつける。それも、裏の仕事の一つである。

多可子をはじめ、五人の幹部全員の考え方だが、ほんとに困って相談に来る者からはまったく金を取らない。そのかわり、取れるところからは遠慮なく取る。特にあくどく儲けている者からは、徹底して金を巻き上げる。悪をこらしめるために必要な金は、悪から毟《むし》り取った金を使う。それが暗黙の約束事だった。

だから、すでにある宗教団体から、不動産業者が家や土地を売却する際、仲介手数料をもらうのと同じように、信者が集まらずに売りたがっている宗教法人を探して欲しがっているものに売りつける。つまり、売買の仲介をして手数料を取る。

それも売買代金の二〇パーセントを手数料として取るから、五億円で教団売買の仲介をするだけで一億円もの金が転がり込んでくる。もっとも今度の場合は、新しく教団を創って売り渡すのだから、五億円がまるまる入ってくるのだ。

5

株式会社『東京総合心理研究所』は、宗教団体だけでも二十八の教団と特別な契約を結んでいる。

つまり、教団を売買するときの手数料は二〇パーセントだが、信者勧誘を引き受けた場合、入信させた信者が納める年会費のうちから、三〇パーセントをピンはねする。

会社を設立してから現在までの五年間に、契約済みの教団に送り込んだ信者は七千二百人。一年に平均千四百四十人の信者を送り込んでいる。

信者一人が教団に納める月額会費は一人平均一万円だから、その合計金額は七千二百万円。その十二倍、八億六千四百万円の三〇パーセント、つまり二億五千九百二十万円が毎年黙っていても、最低確実に入ってくるのだ。

「それから検事、『泉霊の里』という新しい教団の教主を紹介されまして、宗教セールスのことを話しましたらすごく乗り気になり、すぐにでも契約したいといっているのですが……」

「泉霊の里？」

彰子が思わず目を光らせ、聞き返した。

多可子がくっきりした奥二重の澄んだ眼差しを向けた。

「なにかあったの？」

「ええ、今日、その教団に入信していた信者の連帯保証人になり借金させられた挙げ句、破産したという女性が相談にきたのよ——」

「連帯保証人になって破産した？」

「そうなの、……三千万円も借金して、いま住んでいるマンションも追われているらしいの。それで、なんとか教団のあくどい手口を暴いてほしい。そんな相談なんだけど」

「なるほど……瑞帆さん、その『泉霊の里』ってどういう教団なの？」

「八王子に本部があるのですが、教主の和泉美里《いずみみさと》はもと占い師らしいですね。教団をつくって二年ほどになるようですが、三ヵ月前に宗教法人の登記を済ませたばかりの新しい教団です。信者は公称八百人。教主は、できるだけ早く信者を一万人に増やしたい、そんな意向を持っているようです」

説明した瑞帆はいま三十歳。美形もさることながらすばらしく均整のとれた肢体をしている。和服のよく似合う女性だった。

女一人で三十人ものホステスを使い、飲み客の男をあしらい、クラブをきりもりしている。

少し派手で、鼻っ柱の強いところはあるが、美人でさっぱりした性格ゆえか、店はよくはやっているし、いろいろな職業の客が出入りしている。瑞帆の情報源は店だった。

瑞帆は大学を出ていったん銀行に勤めた。そのとき知り合った男性と結婚するはずだったが、男運が悪いというのか、不幸なことに相手の男は詐欺師だった。

せっかく貯めた金を根こそぎ騙し取られ、肉体までもてあそばれたその挙げ句、いともあっさり捨てられたのだ。

それが夜の商売に入ったきっかけだが、それだけに男に向ける目は厳しく、冷ややかだった。

そんな瑞帆に、銀座で店を出さないかと客の男が声をかけた。もちろんその裏には、肉体の提供を求める姿勢があった。

瑞帆は考えぬいた末、どうせ水商売の道に身を沈めるのなら、銀座一のママにまでのしあがってやろうと思い、スポンサーの申し出を受け入れた。そして二年前、別れ話がもちあがった。

二人の仲がもつれた原因はほんの些細なこと、取るに足らないことだった。もめごとの発端は、スポンサーが瑞帆と客の仲を邪推したことからしい。

気性の激しい瑞帆は、いわれなき疑いをかけられて激怒した。男と女の関係がいったんこじれると、憎しみに変わってくる。気持ちのトラブルが金のトラブルに変わっていったのだった。

瑞帆は、せっかく苦労して大きくした店から追われるはめに陥った。あとは借りた金を、耳をそろえてたたき返すしかない。

かといって、億という金がおいそれとできるものではない。体を担保にして新しいオーナーを探せば探せただろう。言い寄ってくる男はいくらでもいたが、もう男はこりごりだった。

しかし、店には執着があった。

（あんな男にむざむざ取られてたまるものですか――）

と考えていたとき原田から裏の仕事をやらないかと話をもちかけられ、一時、金を立て替えてもらうことを条件に仕事を引き受けたのだ。

『東京総合心理研究所』は、そんな特殊な人間関係で成り立っていた。

だからそれぞれが納得して裏の仕事を引き受けている。秘密を抱えているだけに、より気持ちのつながりは固かった。

多可子はみんなのことを考えながら、瑞帆の報告を聞いて逆に問い返した。

「手ごろな教団ね……それで、入信時の条件はどうなっているの？」

「新しく教団に入信するときの入会金が三万円。月額の会費が一万五千円です」

「月額会費が一万五千円か……年間、十八万円とは結構高いわね。信者が現在八百人とすると、年間会費だけで一億四千四百万円になる。それを一挙に一万人まで増やす計画とはずいぶん欲が深いのね」

「会費だけでも、毎年十八億円ものお金が黙っていても入ってくるんですもの、欲もでるわよ」

「そうね……で、契約の内容は？」

「これまで通り、こちらが入信させた信者一人につき、年会費の三〇パーセント。信者がその教団に在籍している間、毎月二十五日に清算してお金は納めるということで話しましたが」

瑞帆の話を黙って聞いていた彰子は、それでいいというふうにうなずきながら頭の中で収入の計算をしていた。

現在、宗教セールスで契約を済ませている教団には、会社のスタッフがこの三年間に一教団平均三百人の信者を勧誘し、送り込んでいるのだ。

『東京総合心理研究所』が、信者を送り込む教団としてターゲットにしているのは、信者一万人以下の、比較的若い弱小教団で、できるだけ月額会費を高く取る教団である。

なぜなら、現有信者が少なければ少ないほど、教団側としては大勢の信者を確保したいと考えている。そこに売り手買い手の市場原理、つまり、需要と供給の関係が生まれてくるのだ。

教団としても、できるだけ信者が多い方が収入も増える。会費というのは毎年確実に入ってくるものだから、教団の経営も安定する。

さらに、宗教は布教を主な仕事としているし、教勢が拡大されると対外的な影響力も強くなる。それだけに、教団は躍起になって信者を集めようとするのだが、そこには、どの教団もしたたかな裏の計画が見え隠れしていた。

教団側としても、『東京総合心理研究所』と契約を結ぶだけで信者を勧誘してくれる。

しかも、月額会費の三〇パーセントを手数料として持っていかれても、あとの七〇パーセントは無条件で手元に残る。

さらに宗教セールスは、信者を入信させていくらである。

歩合給と同じだから教団の腹が痛むわけではない。いずれにしても、教団としては悪くない話。だから、金に貪欲な教主なり教祖は、契約を秘密にしてくれれば、という条件をつけてすぐ話に乗ってくるのだ。

瑞帆が話をつけている『泉霊の里』という教団が話に乗ってきたのも、損はしないという計算があったからだが、会社に入る金はそればかりではなかった。

「こちらが入信させた信者から派生するリベートはどうなってる？」

と聞く彰子に、瑞帆がてきぱきと答えた。

「名簿を提出するよう話はつけました」

つまり、多可子の考えた金の取り方とはこうだった。

社員が教団の依頼により信者を集め、入信させる。その信者が納めた会費の中から三〇パーセントのリベートを取るのはもちろんだが、さらに入信させた信者が教団の指示で布教活動をし、新たに信者を入信させると、その信者が納める月額会費からも同率のリベート、三〇パーセントをピンはねするのである。

もちろん信者集めはネズミ講とは違う。絶対に被害者が出ないという宗教の特殊性がある。

教団の使命は教義の布教にある。だから信者を集めるということは、その布教活動の一環である。

信者が金儲けのために新しい信者を集めるということではない。あくどく信者からかき集めた金を契約にもとづいて教団から出させようというのだ。

だから多可子の懐には、社員が集めた信者から入るリベートの何倍もの裏金が実際に入ってきている。それも税金のかからない金が、である。

入信者の名簿を提出させるのは、教団が人数をごまかさないようにするためだった。

信者が新しい信者を勧誘してどんどん広がってくると、教団は人数をごまかそうとする。少しでも金を出したくないからだが、多可子はその辺のこともきっちり考えていた。

6

（人生など、どこでどう変わるかわからん、おかしなものだ。極道あがりの俺が、こうして現職の四条検事や刑事の神島さんと一緒に裏の仕事をしているんだからな――）

鋭い目付きをした原田は、黙って彰子と瑞帆の話を聞きながら、ふと、自身の過去を振り返っていた。

テーブルの上で組んでいる右手の小指が、第二関節から切り落とされている。

（俺もバカなことをしたものだ。こんな俺が寺の住職の息子とは因果なものよ）

原田は、特異な経歴を持っていた。

本来なら住職を継ぐ身だが、何がどこでどう狂ったか間違ったのか、仏教大学まで出ていながら格闘技が好きで寺を捨てた。そのあげくヤクザな世界へ足を踏み入れたという変わり種である。

僧侶の子供として生まれたにしては、少々気性が荒すぎた。そのせいだろう、神仏に頼るという精神的なものは、どうもぐじぐじしていて性に合わなかった。

若気のいたりといえばそれまでだが、喧嘩っ早く、しんき臭いことが大嫌いだった原田は、どうしても寺を継ぐ気になれず、かといってサラリーマンになる気もなかった。

（今考えてみると、あのころの俺は格闘技に憧れていたし、ヤクザの世界になにか男を見ていた。今さら悔やんでみたところではじまらないが、やはり俺は生涯、神や仏に逆らいながら生きてゆくしかなさそうだ――）

原田はほんの少しだが気にしながらも、自身で気持ちを納得させていた。

だが、そんな原田がたった一つだけ後悔していることがある。

というのは、酒の席でほんの些細なことから素人のサラリーマンを相手に喧嘩した。相手の男を叩きのめし、傷害の罪で逮捕されたのだが、面会に来た弁護士から、殴り倒した相手は打ち所が悪く、脊髄を損傷して仕事ができない体になった、と聞かされた。車椅子の生活をおくるはめになり、働き手を失ったばかりか、病人まで抱え込むはめに陥った男の妻が二人の子供を抱えて苦労しているという。

(俺が、あの男の家庭をめちゃめちゃにしたんだ――)

そう考えた原田は強く責任を感じ、悩んだ。深く反省はしたが、心の中になんともいえない後味の悪さが残った。

二年半の刑期を終えるまでの間、刑務所の中でずっとそのことばかりを考え続けていた原田は、出所後、足を洗う決心をした。そして、堅気になる代償として小指を詰めたのだった。

原田は、男の家族のために何かしたいと思った。だが何の力にもなれなかった。せめて金でもと思ったのだが、相手の妻はよほど憎んでいたのだろう。わずかだったが治療費の足しにと都合した金も、一切受け取らなかった。

あとは病気の回復を願うしかなかった原田は、ほんの一時期、大嫌いだった宗教を受け入れた。自戒するためだった。

(宗教が嫌いで家を飛び出した俺が、別の新興宗教に入って神を信じ、頼った。人間なんていくら強がったところで、所詮弱いものよ――)

原田はつくづくそう思った。

だが、長くは続かなかった。

神に祈っても何一つ解決しない。喧嘩した相手の家族を助けるには、やはり金しかなかった。だが、二年半の刑務所ぐらしがたたり、右翼に転向したものの思い通りに金は集まらない。

そう思っていたとき見たのが、教団の金集めと陰湿な内部の権力争いだった。

精神的に悩みを抱え、幸福を願い、心から神に頼りきっている信者から浄財と称して、ことあるごとにあの手この手で金を集める。

教主なり、ひと握りの幹部連中が金と権力のために宗教を利用し、教団を私物化している。

実質は神や仏を金で売買しているのと同じである。金がなければ信心できない。多くの金を、神にという名目で教団に持っていかなければ幸福になれない。そんなバカなことが平然と、当然のようにまかり通っている。

これじゃ極道社会となんら変わらない。いや、極道は悪の顔をはっきり見せて金を集める。しかし教団の連中は、善の顔を見せながら信者の気持ちを騙して金を集めている。宗教団体というのは欺瞞だらけだ。

原田は、表と裏の顔を使い分け、あくどく金を手に入れている教団の実態を肌で、そして体でじかに感じ、嫌気がさした。

（これなら極道の方がまだましだ——）

と思った原田はバカバカしくなって、いともあっさり教団をやめた。

多可子から話を持ちかけられたのはその直後だった。ヤクザのアカが染み込んでいた原田は、事件のことで恩義があった。義理を果たさなければと話に乗ったのである。

「原田さん、神島さんと一緒に、その『泉霊の里』の活動実態と、教主の私生活をいつもの通り徹底して調査してくれませんか」

多可子が指示を与えた。

「わかりました」

原田が浅黒い顔を神島の方へ向け、目の奥をぎらりと光らせた。

それに応えるように神島がうなずいた。

（しかし、人のつながりってわからないものだわね。それぞれまったく異質な人間が、こうして同じテーブルについているんだもの……）

多可子が前に倒していた大柄な体をもとに戻して、神島と原田の顔を交互に見つめた。

多可子は、愚痴ひとつ言わない神島になんとなく同情していた。

（検事や刑事って割に合わないわね。事件はこちらの意思とは関係なく勝手に起きる。その事件のために家庭を崩壊させるなんて……）

神島も不幸な身の上にあった。家を留守にしていたとき、何者かに妻と娘を惨殺された。しかも、犯人はまだ逮捕されていないのだ。

心の中は辛くて仕方がないのだろうが、まったくそれを顔に出さない。自分の立場などまったく気にしないで、黙って仕事をきちっとこなす。そんな神島の姿をこれまで見てきて、

(神島さんは、よほど奥さまや娘さんのことを愛していたんだわ。だから、その憎む気持ちがこれだけ裏の仕事に向けられているのよ)

と思いながら多可子はさらに教団のことを考えていた。

実際のところ、教団を相手に社員が信者を入信させ、その信者がさらに新しい信者を入信させ、人が増えてくると次第に管理が難しくなる。

教団としては、ある一定のところで『東京総合心理研究所』と手が切れれば、それだけ収入が多くなる。

初めのころは一人でも多く信者を集めたいと思っているから、比較的無条件に会社の要求を飲み、契約する。しかし、だんだん信者が集まってくると欲を出す。リベートを払いたくなくなるのだろう。勧誘した信者の人数をごまかそうとする。

実は、多可子にとってそこが一番頭痛のタネだった。

契約書通りに義務を履行させ、教団から徹底して金を取り立て、吸い上げようとし

て、新規入信者の名簿を毎月提出させても、その実数を確実につかむのは到底無理である。

ある程度、入信者の人数をごまかされるのは仕方ない、と最初から考え諦めてはいたが、しかし、できるだけそのごまかしを防止しなければならない。

（人間というのはどうしてこうなんだろう。教団の幹部は神仏に仕える身でありながら貪欲な顔を見せる。ほとんどが偽善者ばかり。その点、うちには暴力団あがりの原田さんがいて睨みを利かせてくれているし、刑事の神島さんがいる。おかげで教団はきちっと契約を守ってはいるけど――）

多可子は、優秀なスタッフが揃ったおかげで思い通りの仕事ができる、と心底から思っていた。

今の『東京総合心理研究所』にとって宗教絡みの事件は、平たく言えば多くある仕事の中の一つに過ぎない。

教団のトラブルを探り、はっきりした証拠や教団にとって致命的な事実を見つける。つまり、教祖や教団幹部の弱点をつかみ、それを金にする。それも悪を断罪するという仕事の範疇なのである。

事情を知らない者は恐喝だと言うかもしれないだろう。だが、これまで何度も教団の弱味をつかみ、高い金で売りつけたが、それを恐喝されたと届け出た教団はまったくない。すべて裏金でカタがついていた。

多可子たちが、トラブルを金にしようとして狙うのは、信者数五、六万人から二十万人前後の教団である。

たとえば十万人の固定信者がいて、一人の信者が月の会費一万円を納めたとすれば、教団が毎月懐にする金は十億円。年に換算すると百二十億円もの巨額な金が入ってくるのだ。

教団には金がうなっている。他人がどう思おうと、多可子にとっては問題ではない。教団が信者からしぼり取った金からするとわずかな金。むしろ、金に執着して汚く儲けている教団から遠慮せずに、がっちり金を巻き上げる、それがねらいだった。

7

「お父さま……」

体を前に倒し、教主戸田の顔色をのぞき込んでいた聖香が喉をつまらせた。

教主、戸田の顔色はすでに土色に変わりかけていた。血の気のない渇いた皮膚が、やがてくる黄泉《よみ》の世界への旅立ちを、はっきり予測させていた。

昼夜付き添っていた医師の和久津《わくつ》典洋《のりひろ》に呼ばれた聖香をはじめ、牧師であり教務部長である新浜と企画広報部長の小平、そしてシスターの継子たちは、猫の死骸どころではなかった。

「みんな……みんなと別れるときが……」

戸田が苦しそうな息を吐きながら、痩せた手を力なく差し出す。

小刻みに震える手に青く血管が浮き出ている。その手をしっかり掌の中に包み込んだ聖香の目に、溢れた涙がキラリと光った。

「教主さま、しっかりして下さい」

新浜が身を乗り出した。

横から小平と継子がのぞき込み、心配そうに容態を見守っていた。

「気をしっかり持ってください」

気丈に声をかける小平に悲しみはなかった。斜め上からわずかに見える聖香の胸の谷間と服の中からふっくらと盛り上がった乳房の形にちらっと目線を注ぎながら、

（あと半日、いや、そこまで命が持つかどうか……ここで話す言葉が遺言になる。聖香の体はすでに私のものになっているし、いよいよ、私にも運が向いてきたか）

と冷たく考え、腹の中でニンマリしていた。

「教主さま……」

継子が涙声を出し、悲しそうに目を潤ませた。

「……私は神のもとへ召されるのです。悲しんではいけない……」

戸田が荒い息遣いをしながら、声を絞り出す。

すでに自らの生命の終焉《しゅうえん》を予知しているのだろう。苦しそうな表情を和らげて弱々しくうなずいた。

聖香の胸を熱い感情が突き上げた。

刻一刻と死期が迫っていることを、肌が、体が本能的に感じていた。どうにかならないか、と無意識のうちに思う不安が脳裡を包み込む。

しかし、医師和久津でさえ打つ手段を失くしているのに、素人の聖香がどうあがいても寿命を元に戻すことはできない。

神のもとへ召される――。

たしかに言葉の上では歓ぶべきこと、幸せなことだと理解できても、やはり現実に、人の死を目の前にすると気持ちが動揺する。襲ってくる悲しみをどうすることもできなかった。

聖香は心の中で祈り続けた。

薄い唇を嚙みしめて、じっと戸田の顔を見つめる。感情を表に出してはいけない、と思い、必死でこらえていた。

だが、その気持ちが逆に、いいようのない感情を昂らせる。我慢し、耐える苦しさが一層、胸を強く締めつけてくるのだ。

「……新浜牧師……」

戸田が輝きのない目線を向けた。

「はい、教主さま」

新浜が返事して、さらに身を乗り出した。

眉間に縦皺を寄せた顔がくもる。ほんのわずかな時の流れなのだが、重く気持ちを圧迫する。次の言葉を待つ間、新浜は体が固くなるほどの緊張感を覚えた。

（まさか、小平と聖香さまを一緒にさせるというのでは――）

新浜の脳裡を、不安に似た感情が駆け抜ける。

すでに教団としての基盤は固まってきた。たとえ戸田教主のカリスマ性が失くなったとしても、信者はついてくる。あとは十二万人の信者をどうまとめてゆくかだが――。

小平には信者を引っ張ってゆくだけの力はない。私と戸田教主が教団を興し、苦労してここまで大きくしてきたのだ。いまさら、小平ごとき若僧に教団の実権を渡してなるものか――。

新浜は、やがて訪れるであろう戸田教主の死を覚悟しながら、

（この期に及んで動揺してはならない。それより今後の問題を考えなければ）

と、顔には出さなかったが、内心、複雑な感情をのぞかせていた。

戸田もなにか気になることがあるのだろう。口元を震わせ、何か言いたそうな仕草は

見せるのだが、声を出せず、苦悶に表情を歪めた。

聖香の傍に立っている小平も緊張している。瞬きもしないで成り行きを見守っていた。

もしかすると、いまこの場で教団の後継者を決めるつもりなのかもしれない。教主の言葉は神の言葉。新浜の前ではっきり聖香を後継者として指名してくれれば、まず反対はできない。

聖香は何も言わないが、教主になれば当然、頼りになる相手が必要になってくる。その相手は新浜ではない、この私だ。

しかし、私がトップの座につけば、おそらく新浜は反旗をひるがえす。

かりにそうなったところで、その時は、教団内の力関係が逆転しているから、問題はない。あとはいかに聖香の気持ちをこちらに引きつけ、結婚を承知させるかだ。

ここにいる継子は聖香のそばについて世話をしているから、それなりに信頼されている。しかし、継子を聖香の世話係として抜擢したのは新浜だ。なんとかこっちの味方にして引きつけておく必要がある――。

小平は、教主の戸田が他界したあとのことを真剣に考えていた。

「教主さま、しっかりして下さい。新浜はここにいます」

新浜が膝を前に移動させ、促すように大声で話しかけた。

その声が聞こえるのか、戸田は短く、荒い息を吐きながら囁くように口を開いた。

「……私は、もう長くない……」

「気を強くお持ち下さい。教主さまを頼りにしている大勢の信者を悲しませるのですか」

「あなたは……あなたは、私とよくここまで教団を……教団を支えてくれました……」

「当然です。それが神から与えられた私の使命なのですから。これからも私の生涯を神と教主さまに捧げ通すつもりです」

新浜が戸田の耳に顔を寄せ、はっきりした口調で言う。

その言葉を受け止めた戸田は、安心したのだろう、力はなかったが満足そうにうなずいた。

そして、聖香の握っていた手を外すと、その手を新浜の方へ差し伸べて、

「私の……最後の頼みを聞いてくれますか……」

と声を必死で絞り出した。

「はい、教主さま」

「……私が神に、神に召されたあと、気になるのは教団のこと……」

「それはわかっております。聖香さまがついておられます」

「できれば聖香に……私のあとを継ぐ聖香に、みんな協力して……協力して教団をもり

立ててほしい。信者のためにも……」

戸田が渇いた唇の間から、途切れ途切れに言葉を漏らした。

「協力します。協力しますとも。ご安心下さい。私がきっと聖香さまをお護りして、信者に教主さまのご意思を伝えます」

「ありがとう……くれぐれも頼みます……」

戸田がほっとしたように固い表情を弛めた。

よほど教団のことが気になっていたのだろう。よかった、というふうに薄い笑みをかすかに口元に浮かべた。

その戸田の話に聞き入っていた小平の胸を、不安がよぎった。

（教主は新浜を後見人にしようと考えている。このままでは実権を握るどころか、私の立場が不利になる。なんとか、新浜を失脚させる手だてを考えなければ——）

死を間近にした戸田の枕元で、権力に固執する男の思惑が、激しく交錯していた。

横から戸田の顔を、瞬きもしないで食い入るように見つめていた継子も、重く流れる感情の渦を肌で感じていた。

継子はそっと、新浜と小平に、下からうかがうような目線を向けて、

（もしこのまま教主さまがお亡くなりになったら、おそらく二人の対立が表面化するだろう。当然、教団の実権は新浜牧師の手に……しかし、そうなる前に小平牧師は聖香さ

まとの結婚を急ぐに違いない——）

と、教団の先行きを考えていた。

実際に、十二万人の信者を抱える教団の主流になるか、反主流になるかで、もちろん力関係が大きく変わってくるし、内部の立場もまるで違ってくる。新浜がいくら、教団創設以来、教主の片腕としてつくしてきたとはいえ、絶対に教主にはなれない。それは小平も同じである。そのために戸田は、後継者として聖香を育ててきたのだ。

（たしかに新浜部長にカリスマ性はない。カリスマ性といえば、弁が立ち、頭が切れ、行動力のある小平牧師の方があるだろう。しかし、信者間の信頼度はやはり新浜部長の方が厚い。聖香さまが小平牧師と結婚し、実権を手中におさめるようなことにでもなれば、失脚した新浜部長は、おそらく主だった信者を連れて教団を去るだろう。過去の宗教の歴史を見ると、教団の分裂抗争は繰り返されている。それで新しい教団が次々に生まれてくるのだが、そこには必ずといっていいほど権力争いが絡んでいる。だとすると、新浜部長と小平牧師の対立から教団が真っ二つに割れる可能性は強い。聖香さまをどちらがとるか、それによって教団の体質は変わってくる……）

と、継子は冷静に考えていた。

一方、小平は継子が考えていたとおり、腹の中で苦々しく思っていた。

（これからの教団に古い体質は必要ない。宗教も古い殻を破り、新しく脱皮しなければ信者はついてこない。教団を思い通りに動かすためには、なにがなんでも実権を手に入れなければ——)

小平の中にはまだ、エリート社員だったときの他人を蹴落としてでもという自己顕示欲の強さと、権力欲が強く残っていた。

内心、聖香との結婚を戸田がこの場で遺言として残してくれさえすれば、と密かに期待し、希望をつないでいた。

あのまま商社にしがみついていても、とてもトップの座につくことはできない。かりにある程度の地位を得たとしても、十二万人の部下を持ち、絶対的な権力を握ることなどとてもできない。

ただ、定年を迎えるまで頭を下げ、あわよくば関連会社でしばらく働くしかない。

その点、この教団で権力を握れれば、商社の重役など比ではない。なにしろ、神という絶対の権力者が後ろ盾になっているのだから、これほど強大な権力はない、と考えていたのだ。

死を間近にしている教主と、病を心から心配し、案じている大勢の信者をよそに、幹部の思惑が水面下で激しく火花を散らしていた。

そんな思惑を知ってか知らずか、戸田が閉じていた目をゆっくり開けた。薄い息をやっと吐き出しながら、

「聖香……信者の人たちをたのむ……」

と話しかけたが、もう目を開ける気力もなくなっていた。

懸命に開こうとする瞼が、かすかに震えていた。

第二章　権力への思惑

1

布施は彰子と連れ立って、国会議員竹緒祐輔の秘書に連絡を取り、永田町の議員会館を訪ねた。

「やあやあ、お二人とも久しぶりですな、よく来てくれました。つい先だって秘書に、あなた方のことを聞いたばかりなんです。以心伝心とはこのようなことを言うんでしょうな」

竹緒が部屋に入って来た二人を見るなり、酒焼けして脂ぎった顔に、議員スマイルを浮かべ、調子のいい言葉を並べ立てた。

色の派手さを抑えたワインカラーの短いタイトスカートを穿いた美人の彰子が気になるのか、ちらりちらりと目線が動く。でっぷり太って下腹の突き出た体を重そうに動かし、机を離れた。

「先生、ご無沙汰しております」

布施がつくり笑いを浮かべ、丁寧に頭を下げる。これまで秘書とは何度も会っていたが、議員本人と直接顔を合わせるのは本当に久しぶりだった。

「お世話になっております。先生のご活躍をいつも新聞で拝見してます……」

彰子が差し障りのない世辞を言い、にこやかな笑みを投げかけた。

「いやあ、私が全身全霊を打ち込んで、国政にこの身を捧げることができるのも、あなた方が支えてくださるおかげです。さ、どうぞ、どうぞ」

竹緒が腹にもないことを喋りながら、着座を勧めた。

布施と彰子は、失礼します、と軽く会釈して来客用のソファに腰を下ろす。向かい合わせに、どっかと体を据えた竹緒に、真っ直ぐ顔を向けた布施は、つくづく金の威力を感じていた。

金という欲を充たす特効薬の効き目は大したものだ。ちょっと鼻先に嗅がせるだけでいい。次の選挙に当選すれば、大臣の椅子は間違いないと噂されている大物議員が、電話一本かけるだけで、こうして待っているんだから——。

しかし、国政のために全身全霊を捧げるなどと、よく言えるものだ。

要は金、よほど私の顔が金に見えるらしい。私が役人を辞めたときは、鼻もかけなかったくせに。金が入るとなるとこうして顔を出す——。

保守も革新もない。政治家は、人のため、国民のためと大見得は切るが、なんのことはない。所詮、欲の皮を突っ張らかした人間じゃないか。

今の金にまみれた政治の世界を見ているとよくわかるが、金、名誉、権力の欲にとりつかれた部分は、ちょうど、悪辣な宗教教団の教祖や幹部によく似ている。

しかし、私もあまり他人のことを非難できるほど、誉められた仕事をやっているわけではない。なにしろ、悪の上まえをはねた金をつかって、議員の力を利用している。これが現実なのだが、考えてみるとどっちもどっち。綺麗事は言えん——。

布施は腹の中で冷ややかに自身を見つめながら、横に座っている彰子の動きと視線を感じた。

手提げバッグの中から紫色の袱紗《ふくさ》に包んだ金を、そっとテーブルの上に置いた。

竹緒が、ちらっと彰子の手元を見て、すぐに目線を外した。

包みの中に現金が入っていることはわかっていた。一千万円くらいあるだろうと思いながら、そ知らぬ顔をして、見てみぬふりをしている。

(敏感なものだ。もう金の臭いを嗅ぎ取っている——)

布施はそう思いながら、小さく頷いて、包みを手元に引き寄せた。そして、その包みを前に押し出し、

「先生、これを……」

と、上目づかいに顔色をうかがうようにして、意味ありげに口元をほころばせた。

「そうですか、いつも気にかけてもらってすみませんな。それじゃそれは秘書の方に。政治団体の方へ納めさせてもらいます……あ、そうそう、例の教団設立の件だが──」

げんきんなものだ。包みの中身が金だとわかると、竹緒はすぐに依頼していた話を自分から機嫌よく持ち出した。

「いつもご無理を申しまして……先生のお力添えで私どもも大変助かっております」

布施は、注意深い男だと思った。

ここで自身が現金を受け取ると収賄になる。だから秘書に受け取らせ、金を小分けにして、政治献金として処理しようとしている。汚いが政治家なんてこんなものだと考えながら、また深々と頭を下げた。

「いやいや──宗教法人担当の幹部から秘書が直接聞いてきたんだが、なかなか最近は許可が厳しくなっているそうでね」

竹緒がまわりくどい言い方をした。

(いまさら、なにも恩着せがましく言うこともないのに。これだから政治家と話をすると肩が凝るのよ──)

彰子は竹緒の様子を見て、手続きはうまくいく、と直感していた。

これは竹緒の癖だが、機嫌よく金を懐に収めるときは、依頼されていたことが順調に運んでいる証拠。のらりくらりした言葉とは裏腹に、口説き料として金を持ってくるのは当然、というふうな態度を見せる。

秘書が秘書がと言いながら、話がうまくいったときはこうして自分から出てきて、難しかったとか、苦労したとか恩を着せながら話す。

だが、仕事がうまくいかないときは、すべて秘書を通して連絡してくる。あのとき、私が金に困って相談を持ちかけたとき、会おうともしなかった。それが今はどうだ、金になると思ったらこうして自ら顔を出している——。

腹の中で苦々しく思っていた布施は全部話の内容を聞かなくても、うまくいったかどうかはすぐにつかめた。

しかし、いまさら過去のことを悔やんでもはじまらない。それはそれと割り切っていた布施も、駆け引きしながら次の献金を求めてくる竹緒の性格というか、癖をよく知っていて、あくまでも下手に話を進めていた。

「今度の許可が下りれば、また応援させていただきます」

「そうですか……まあ、四条検事からもあなたのことはよろしくと電話をもらったし、この度の件は、たぶんあなたの意向に添うような形で処理できると思います」

竹緒が前に倒していた体を起こし、そっくり返るようにして背中をソファにもたせかけた。

（たかがこれくらいのことで、あんなに得意にならなくても――。利用できるものはなんでも利用しようというあの姿勢。いい加減にしてほしいわね）

彰子には、これ見よがしに力を誇示しているように見えた。だが表情にはまったく出さず、わざと足を組み直し、にこやかな顔を向けた。

「ありがとうございます。それで、許可はいつ頃になりますでしょうか。できるだけ早い方が私どもとしては助かるのですが……」

布施があくまでも、うかがいを立てるような聞き方をした。

竹緒が返事をする前に、タイトスカートから出ている膝頭と、組んだ足の下から見える太腿の白さと、見えそうで見えない股間の奥が気になるのか、チラッと視線を這わせながら、テーブルの上に置いてあるシガレットケースのフタを開け、葉巻を摘んだ。それを口にくわえ、ゆっくりした動作で火を点けた。少し考えるような仕草を見せながらふうっと吸い込んだ煙を吐き出し、ひと呼吸おいて、

「あと一ヵ月もかからないでしょう」

「一ヵ月ですか……先生、もう少しなんとかならないでしょうか。一日も早くほしいのですが」

「うーん……役所の手続きもあるしねえ……」

竹緒が返事を渋った。タバコをふかしながら、また彰子の股間に目を向けた。

（なにが役所の手続きだ。だから多額の金を払ってるんじゃないか。一日手続きが長引けば、金利がどれだけ違うと思っているんだ――）

布施は内心、まだ駆け引きをしている、と思いながら、それでも腹の中は見せなかった。

いくらのらりくらりしても、どのみち竹緒が欲しいのは金。偉そうな態度を取っていても、札束で横っ面を張ってやれば、こちらの言いなりになる。

金が入らなくなって困るのは竹緒自身。こっちは痛くもかゆくもない。金のために動く政治家はごまんといる。それらを使えばいいんだ。

政治家はなるものではない、使うものだ、と考えていた布施は、不快な感情を胸の中にしまい込んだ。

「そう言えば先生、近々選挙があるとか。いろいろ政界のスキャンダルも続いていますし、今度の選挙は闘いにくいでしょうね――」

と、彰子は、なにさあの好きそうな目付き、私の下半身ばかり気にして、と思い蔑みながら、竹緒がいちばん気になることを、あえて持ち出した。

「困ったものです……わかりました。まあ、なんとか手を打ってみましょう。ほかでもない布施さんやあなたのような美しい方から頼まれれば、断るわけにはいかんでしょうからな」

ニャッと意味あり気な笑いを見せた竹緒の頭にもう少しじらして、選挙資金を出させるか、と打算が走った。

「ありがとうございます」

布施はまた頭を下げながら、態度を変えた竹緒を見て密かにほくそ笑んだ。

「それで、いつごろまでに必要なんだね」

「できれば、十日以内に許可をいただければ助かるのですが」

「十日以内ねえ……止むを得ん、苦しいがやってみましょう」

竹緒がわざと眉をしかめた。

（はじめから計算済みなくせに、まだポーズをつくっている。まあ、いいでしょう。私たちは予定通り、ことが運べばそれでいいのだから……）

と考えながら、彰子は、割り切っていた。

「それじゃ、許可が下り次第、すぐに秘書から連絡させます」

「よろしくお願い致します」

布施と彰子が礼を言って、深々と頭を下げた。

（これで教団をラブホテルのオーナーに売り付ければ、最低五億の金が入る。二、三カ月かけて徐々に宗教法人の役員を替えてゆけばすべて手続きは終わる――）

布施は腹の中で、思わずニンマリした。

2

聖香たち四人は、医師和久津の手当てでどうにか戸田の容態が安定し、眠りについたのを見計らって部屋を出た。

新浜と継子が教務所に下がったあと、小平は別室でソファに座り、向かい合っている聖香と話し込んでいた。

「聖香さま、これからどうするおつもりですか」

小平が真剣な眼差しを向けて聞いた。

「今はただ、教主さまの回復を祈るしか……」

聖香が眉根を寄せて、苦悩の表情を見せた。

小平の言いたいことはわかっていた。これまでにも何度か愛の告白を受け、結婚という言葉も直接耳にしている。

たしかに、教主戸田の後継者としての立場もある。しかし、女であることを忘れたわけでも、諦めたわけでも、捨てたわけでもない。

時々、小平に抱かれたとき、いや小平というより男に抱かれた感触を思い出し、布団の中で、疼く肉体の窪みを指先で慰めることもある。やはり、女の聖香にとって結婚という言葉は魅力だった。しかし——。

「聖香さま、あなたはいま、教主さまが生死の境をさ迷っているこんな時期に、私たちのことを考えるのは不謹慎だと思っている。そうじゃありませんか」

小平がじっと目を見据えて、はっきり言う。

「……」

「あなたが一人の人間として悲しみ、心配し、動揺する気持ちはよく理解しているつもりです。しかし、あなたは、教主さまに万一のことがあれば、その瞬間から十二万人の信者をまとめなければなりません。教主さまの娘であると同時に、教団の後継者、信者を指導し、引っ張っていかなければならない立場にある。そこのところを忘れてはならないのです」

「わかっています。だからこそ、今、私の幸せだけを考えることは許されないのです」

「よく考えて下さい。こんな時だからこそ二人で力を合わせる必要があるんじゃないですか。すでに教団の内部に不穏な動きが起きはじめています」

信者の中には、自分から肉体を投げ出してくる女性はいくらでもいる。しかし、教団の権力を握るためには、なんとしてでも聖香を妻にする必要がある、と思いながら小平が厳しい表情を見せた。

「不穏な動き？」

聖香がきゅっと眉根を寄せた。二重瞼のつぶらな瞳を真っ直ぐに向けて、怪訝そうに聞き返した。

「そうです。もし、それを放置していたら、教団は分裂の危機を迎えることになる。ですから信者に無用な動揺を与えないためにも、そうした危機的状況を、未然に防がなければならないと考えているのです」

「どういうことなの？」

聖香は、小平が新浜のことを言いたいのだと思いながら、あえて聞いてみた。

「具体的な例を上げれば、今朝、聖香さまの部屋に誰かが猫の死骸を持ち込んだことです」

聖香がきゅっと眉をしかめて聞いた。

「それが、なぜ教団の分裂に？」

「冷静に考えてみますと、聖香さまが教団の後継者になることを誰かが妨害しようとしているとは思いませんか。そうでなければ説明がつきません」

「……」

「こんな言い方は適当でないかも知れませんが、あの行為は、あなたに対するあからさまなイヤがらせ、つまり、うがった考え方をすれば、あなたの失脚を狙ったものとも考えられます」

「私はなにも、波風たててまで、無理に後継者になろうなどとは……」

聖香が困り切った表情を見せた。

「それはいけません。教団にはシンボルが必要です。そのシンボルが教主さまであり、信者はその教主さまに頼ってきます。聖香さまが弱気になれば、誰に頼ればいいかわからなくなった信者は、動揺するじゃないですか。私がついています。私たちはもう他人とは違う。お互いに許し合った仲。こんなときにこそ力を合わせなければ」

小平が強い口調で言いながら、聖香の体を舐めまわすように見つめた。

「しかし、それとこれとは……私はただ、争いごとはしたくないのです」

聖香は視線を外し、顔を伏せた。

「お気持ちはわかります。ですが、聖香さましか教団の後継者になり得ない。そこのところを考えて、信者を動揺させず、まとめなければなりません。それが聖香さまに課せられた立場です。教主さまが、なぜ私たちの前であなたを後継者に指名したか。おそらく、あとあとのことを心配したからでしょう」

「でも私には、教団の内部に私を失脚させようと考えている人たちがいるとは、どうしても思えないし、思いたくもない。みんな同じ神を信じている人たちじゃないですか」

悲しそうな表情を見せた聖香の顔色は、暗く沈み込んでいた。

「しかし、現実は現実として、はっきり見つめなければなりません。あなたが独りで住んでいることは信者なら誰でも知っている。これまでは教団の中だから、と安心でしたが、こんな陰湿な脅しがあったことを考えると、これから先、絶対にこのようなことがないとは言い切れない。私が心配になるのはそこなのです」

小平は、だから結婚すればそうした心配がなくなる、とでも言いたそうな口ぶりをした。

だが聖香は、教主の戸田が病気とはいえ、まだ死んだわけでも、小平との結婚を遺言という形で残したわけでもない。ましてや、小平の言う通り、教団が分裂の危機にあるならなおさらのこと、今、結婚問題という私情を挟んではならない、と考えながら、できるだけなれなれしい言葉遣いと態度を避け、さらに突っ込んで聞いた。

「すると小平牧師は、誰が教団の分裂をあおっているのか、はっきりした事実をつかんでいるのですね、動かぬ証拠を……」

「もちろんです。確かな証拠がなければ、こんなことは軽々に言えませんからね」

「具体的な動きとは？」

「名前は差し控えさせていただきますが、聖香さまの教主就任に反対しているグループが、同調者を集めているようです」

「しかし、それではあまりにも抽象的だわね。もし、あなたが言うように、誰かが教団の中を故意に乱すようなことを考えていたとすると、もっとはっきりしたことが言えるのじゃないの？」

　聖香が、中途半端な答え方をする小平をいましめるように言った。

不機嫌な表情を見せている聖香の気持ちを察したのだろう。いずれはっきりさせなければならないことだ、と思いながら、小平はしばらく考えて、おもむろに口を開いた。

「では、はっきり申し上げます。不穏な動きを見せているのは、新浜教務部長です。現に、教団内で分派をつくるため、中間幹部や地方幹部に働きかけています。誘いを受けた地方幹部が、私のところへ電話で訴えてきてます」

「しかし教務部長は、教団創設以来、父と一緒に……」

「そのとおりです。ただ、新浜教務部長は教主さまと二人で教団をつくり上げたという自負があります。今度、聖香さまに代が移りますと、当然、今までのようにはいかなくなります」

「まさか、そんなことを……それで、私が後継者になることに反対しているというの？」

「たぶん、そうでしょうね。ただ、教主さまが教団の後継者として長年お育てになったあなたに、公然と反対する理由がありません。そこで教務部長は、分裂をちらつかせて自身の権力温存をはかろうとしているのです」

「私には信じられない。病床で、父にはっきり約束してたじゃないの……なぜ、そんなことをする必要があるのです……」

聖香も、まったく内部の動きに気付かなかったわけではなかった。

今はまだ父が生きている。後継者として父が遺言をした以上、二人ともあえて争いごとは起こさないだろう。

私が教主になることについて反対ができないとすると、その点で信者間の意思統一はできる。あからさまに教団を割るといった動きはしないだろう。

問題があるとすれば幹部同士の衝突。父が亡くなったあと、当然、新浜と小平の間に権力争いが起きてくる。いや、起きてもおかしくはない。

しかし、いま私がうかつに動けば、それこそ教団を割ることになる。そんなことがあってはいけない。なんとか二人の権力争いを鎮め、信者の動揺を抑えなければ、と考え聖香は、心を痛めていた。

だが、聖香が気をつかっていたのは新浜ではなく、むしろ小平の方だった。

たしかに小平は頭が切れる。理論的に物事を考え、すすめてゆく。下積みから叩き上げて最高幹部になった新浜とも、過去にも何度か意見の対立があった。

「こんなこと言いたくありませんが、教務部長は私とあなたの結婚が噂されていることをねたんでいます。もちろん、これは信者からの情報ですが――本人は、失脚するかもしれないと勝手な危機感を抱いているのです」

小平はあからさまに批判した。

「小平牧師、いまはまだ教主さまの御身だけを考え、祈ることです。たとえあなたでも、教団内で諍いを起こすことは許しません。いいですね」

聖香は厳しくたしなめた。

「わかりました。私も争いは避けなければと思っています。しかし、いつまでもこのま放置するわけにはいきません。教主さまの意に背くことになりますからね——」

「その点は、落ち着いたら私が考えます」

「聖香さまのおっしゃるとおり、教団を分裂させないためには、いつの時点か近い将来、必ずこの問題は、はっきりさせなければならないと思います。聖香さま、教団を分裂させず、まとめてゆくために、私と結婚すると一言返事して下さい。すでに私たちは夫婦同然の間柄じゃないですか」

小平は、また結婚の話をむし返した。

だが聖香は眉をひそめたまま、返事をしなかった。

3

原田と神島は、乗用車で宗教法人『泉霊の里』のある八王子へ行き、調査をはじめていた。

みるからに目付きの鋭い二人が共に行動すると、まるでヤクザのような感じがする。肩を並べて歩いていると、前から歩いてくる人がよけるほどだった。

教祖は和泉美里という。まだ、三十八歳になったばかりの美人の女教祖だった。

そのせいだろう、いま、八百人ほどいる信者のほぼ三分の二は、二十代から三十代前半の女性。男性の信者も、やはり若い層が中心だった。

教団の調査といっても、原田と神島が主として調べるのは教祖自身の私生活である。もちろん、教団の内情についても必要な情報は集めるが、その必要な情報というのは、教祖個人にとって弱点になるような情報なのだ。

教祖の弱点、それも絶対に知られてはならない恥部、秘密をつかめば、契約を有利にすすめることができる。だから、その部分を探るのが二人の役目だった。

神島は原田と連れだって、まず法務局へ行き、宗教法人『泉霊の里』の登記簿謄本を取った。役員欄から教祖、和泉美里の住所を確認して立川市役所を訪ねた。

いつもそうだが、個人情報を調べる第一段階は住民票から確認してゆく。住民票には、現在住んでいる居所と本籍、あるいは前住所が記載されている。それが役に立つのである。

神島は刑事、調べることはお手のもの。聞き込みをしているうちに車の免許を持っているとわかれば、同僚を通じて運転免許証から顔写真などを入手する。

さいわい、警察の同期が各部署に散らばっている。保安課で勤務している者、交通課で勤務している者、暴力担当の者、派出所勤務の者、という具合にである。

神島は手慣れたものだった。

住民票はすぐに交付してくれた。

「本籍は埼玉県大宮市か……」

原田が、神島から受け取った住民票に目を移して呟いた。

本籍地には美里の戸籍と、戸籍の附票が保管されている。本人の戸籍謄本を取れば、本人の家族関係がすべて確認できる。

戸籍の附票を交付してもらえば、過去に移動した住所がすべて載っているから、それを見て場所を訪ね、聞き込みをすることで、ある程度交友関係とか、私生活の状況がつかめる。

特定の個人を調べる場合、戸籍や戸籍の附票は欠かすことができない資料なのだ。

（ここから大宮までは一時間そこそこでいけるか――）

と考えていた神島に、住民票を四つ折りにした原田が、それをスーツの内ポケットにしまい込みながら言う。

「行きましょうか」

二人は乗用車に乗り込み、打ち合わせをしながら大宮へ向かった。

大宮の市役所へ着いたときは午後の二時をまわっていた。

戸籍係の窓口のカウンターに近付き、警察であることを告げて課長と会い、戸籍の閲覧を申し出た。

そして、戸籍謄本と戸籍の附票を受け取った神島と原田は、車に戻った。

「美里は非嫡出子か……」

助手席に座った神島が、内容を確認しながらぽつりと呟いた。

出生届を出したのは母親、父親の名は空欄になっていた。

正式に結婚した夫婦ではない母親から生まれたことになる。つまり、美里は私生児ということになるのだ。

「原田さん、美里の過去に複雑な事情があるかもしれないですね」

「宗教に身を投じたのは、案外、そんな過去が深く関わっていたのかもしれない。それとも……」

原田は男関係だろうかと思いながら、大きくうなずいた。

（いくら小さくても一教団の教祖になった女だ。教祖になるからには、それなりに長い期間、教団の中で信仰に没頭していたに違いない。たぶん、なにか本人にとって特別な事情があったのだろう——）

原田はそんな勘ぐりをしていた。

（人間の性格は子供の頃に形成されるという。本人にもし、出生の秘密があり、その原因が父母にあるとすれば、親に対する強い不信感を持ち、反抗していたかもしれない――）

神島は、美里が親に反発した時期が過去にあったとしたら、必ず男関係が出てくる。もしかすると、われわれにとって、都合のいい条件が出てくる可能性もある。詳しく調べてみるか、と考えていた。

しかし、ただ、私生児というだけでは役に立たない。いまは未婚の母が増えている時代。相手を攻める条件にはならないのだ。

複雑な過去を持っていればいるほど、本人の生きざまも複雑な場合が多い。特に男と女の関係が複雑であれば、過去を隠したがる。それが人の心理だ。

美里は、まだ十分すぎるほど女として魅力のある年齢である。まさか、男を絶っているとはとても思えない。神島は、何かある、と直感していた。

教祖といえば、その私生活は信者の模範とならなければならない。なにしろ、神にすべてを捧げている身。フリーセックスを奨励している教団なら別だが、それ以外であれば、男女のスキャンダルを暴かれることに極端なほど神経を使う。

なぜなら、神は神聖であり、その神に仕える教祖も神聖だと信者は見ている。そんな信者の心のよりどころが教祖であることを考えると、教祖が性の欲望に負け、だらしなければ、信者の信頼が薄れるのは当然である。

だから、ほとんどの教団の教祖は、個人の私生活を隠したがる。あくまでも潔白な姿を信者には見せたい。常にそう思わせておきたい。教祖は心の中で、そんな心理を無意識のうちに持っているのだ。

「神島さん、なにか面白い事実が出てきそうじゃないですか」

「うん……」

「本人の男関係をとことん調べれば、教祖の弱点がつかめるかもしれない」

「……」

「宗教セールスを雇ってまで信者集めをしたい、ということは、よほど金に困っているか、金に執着しているか、だな」

「欲の皮が突っ張っているんだ」

「しかし、こっちとしてはそうあって欲しいものだ。その方が条件のいい契約ができる。どうせ、信者からあぶく銭をかき集めることを考えているんだから遠慮なく金をいただくか」

原田はもう、金を脅し取ることを考えていた。

もし俺が坊主の後を継いで住職になっていたら、とてもこんなことは考えなかっただろう。極道を経験したおかげで人生が愉しく過ごせる。いいことだ——。

そう思っていた原田はまったく反省していなかった。

僧侶になった自身の姿を想像して、思わず腹の中で笑いたくなっていた。

4

夕方、どうにか教主の容態が持ち直したこともあって、教団を引き揚げた新浜は、継子のマンションでシャワーを浴びていた。

二人はもう、三年前から男と女の特別な関係になっていた。

ノズルから吹き出す熱めの湯を、頭からかぶっていた新浜は、気分をすっきりしたかった。

新浜は精神的に疲れ果てていた。

教主の死後、教団をどうまとめてゆくか、そのことで神経をつかっていたからだろう。このところ眠れない夜が続いていた。

考えることといえば小平のことばかり。なんとしてでも、小平に実権を握らせることだけは阻止しなければ、と、そのことが頭から離れず、気になっていたのだ。

（まさかとは思うが、あの二人、すでにできているのでは……）

新浜は、小平と聖香の仲を疑っていた。

噂はともかく、頭のいい聖香のことだ、自身の立場を考えれば、そんな軽はずみなことをするはずがない、と心の中で否定はしてみる。

しかし、胸中に渦巻く懸念をどうしても払拭することができなかった。

小平の態度を見ていると、妙に自信をみなぎらせている。たぶん、聖香との結婚を考えた上でのことだろうが、特に新浜が気になっていたのは、ことあるごとに反発する小平の態度だった。

シャワーを止め、バスタブにゆっくり体を沈めた新浜の耳に、脱衣所の方からカタッと音が聞こえてきた。

新浜が振り向く。ドアのスリガラスを通してぼんやりと見える人の動きが、何とも幻想的な感じさえした。

バスルームのドアが開き、継子が入ってきた。

隙間から外へ吹き出す湯気に包まれた継子は、両手でふくよかな白い乳房を隠すようにして、そっと覆っていた。

すんなりと伸びた肢体は、惚れぼれするほど美しい。男を知り尽くした継子の、きめ細かな柔らかい感じの肌に、おもわず吸い込まれそうな錯覚をおぼえ、息を飲んだ。

ふっくらした、丸みのあるつややかな女体は、まるで生きたマリアの裸像を思わせる。

新浜は継子の裸体を見る都度、神が人間界に造形した最高の美だと思い、魅せられていたのだ。

バスタブにはなみなみと湯が張られていた。

湯面を這うように、ゆっくり渦をまいて湯気が舞う。

天井に溜まった水滴が、ぽとりと継子の背中に落ちて弾けた。

左手で洗面器を持ち、床のタイルに片膝をついてしゃがみ込んだ継子に、バスタブの中から新浜が話しかけた。

「今日は朝からいろいろあったし、疲れただろう」

「そうね、いやなことばかりだった。ああ、気持ち悪い……」

継子はまだ蒼い顔をしていた。

猫の頭を思い出し、おもわずぶるっと身震いした。

くたくたになるほど疲れきっていたが、なぜか肉体は貪欲に男を求めていた。

久しぶりに抱かれる、そんな期待感が気持ちを上気させ、肉体を妖しく燃やしていた。

「しかし、小平をいまのうちに何とかしなければ……」

新浜が気になるように言って、両手で湯をすくい、バシャッと顔にかけた。

「しばらく様子を見るしかないでしょうね。まだ聖香さまとの話は正式に決まったわけではないし、小平牧師が結婚できると思い込んでいるだけなんだから……」

継子は汲んだ湯を、肩から下半身にかけながら話した。

背後に流れた湯が背筋から肉付きの良い尻の割れ目に伝う。盛りあがった形のいい両乳房の谷間を伝って流れた湯は、滑らかな腹を濡らし、恥毛を濡らして、秘淫から床のタイルに流れ落ちた。

頭に巻いたタオルから、わずかにほつれたうなじが首にからみついている。

首筋から腕の付け根にかけての柔肌の滑らかな曲線が、ぞくぞくする色気を漂わせていた。

継子の左手が、股間の柔らかいヒダをゆっくりなぞる。濡れた恥毛が割れ目に添ってまとわりつく。

陰毛の陰に隠れている敏感な華芯の蕾に、しなやかな指先が触れる。

ピクンと妖果が反応する。

甘美でとろけそうな刺激に、思わず出そうになった声を、やっと喉の奥で止めた継子は、洗面器を置いて立ち上がった。

体を斜めにして左足を上げ、爪先からバスタブに入る。

継子はまた胸を手で覆った。が、下半身は隠そうとしなかった。

（すばらしい……）

新浜は教団のこと、小平のことを考えながらも、目の前にさらされた継子の裸体に、思わず魅せられていた。

ちょうど下から見上げる視線の先に、黒々とした恥毛と淫らな裂け目がくっきり見える。どきりとした。

目のやり場に困った。戸惑いが思わず気持ちを動揺させた。

「ねえ、あの二人のことだけど……」

継子はバスタブの中に体を沈めながら、甘えるようにしなだれかかった。

「あの二人とは、小平と聖香さまのことか？」

「ええ……」

「どうかしたのか」

「これは女の勘だけど、もうできているわね」

継子は手を新浜の首に絡ませて、上目づかいに顔をのぞいた。

新浜は継子の腰に手を巻いて、体を手前に引きつけた。

股間の恥ずかしい部分に、男の一物が直接触れる。継子がなまめかしい声を濡らす。

思わず腰を引いて反応した。

「ああ、触るわ……聖香さまも小平さんにこうして、抱かれたんでしょうね……」

継子が動くたびに湯気がぽちゃぽちゃと音を立てて揺れる。波紋が二人の体から離れ、バスタブの縁に当たって砕けた。

「そうだな……やはり君もそう思うか。いつも聖香さまのそばにいる君がそう感じているのなら、たぶん、間違いないだろう……」

二人の仲を深く疑っていた新浜が、なるほどというふうに小さくうなずき、考え込んだ。

初めは聖香さまにかぎって、と思っていた。

しかし、教主の娘、教団の後継者という立場はあっても女盛り。男を受け入れたとしても不思議ではない。

特別に男嫌いとか、性的に不能であれば別だが、正常な女の肉体と精神を持っていれば、当然男に興味は持つだろう。いや、持って当然だ。

むしろ男に対する欲求がないとすれば、その方が不自然。よほど精神的に強くなければ、感情に押し流される。体内の奥深くから、激しく吹き出してくる性の欲望を抑え込むのは難しい。

私も神に仕える身でありながら、今、こうして継子を抱こうとしている。この性の欲望を捨て去ることも、体の中から消すことも所詮無理なことだ。

それに、我慢に我慢を重ね、欲求を抑えつけてきた女がいったん男に抱かれると、火の点いた肉体の欲情は止められなくなる。

良くも悪くも、女の性とはそういうものだ。

教団の教えは、別に禁欲を強制しているわけではない。普通の男と女として考えてみると、あの二人が特別な仲になっていたとしても、ごく当たり前だし、なにもおかしくはない――。

新浜は聖香の美貌と、女としての匂うような魅力を思い浮かべながら、継子の言葉に納得した。

「考えてみると猫の死骸だって、小平さんが運び込んだのかもしれない。その気になれば、聖香さまの部屋には入れるでしょうし、二人ができているとしたら、合鍵を持っていたとしても不自然じゃないわ。いくら私がおそばについているといっても、四六時中ついているわけにはいかないんだもの」

「それはそうだが、しかし、聖香さまとの結婚を考えている小平にとって、猫の死骸など持ち込んでなんのメリットがある。かえって危険じゃないかな」

「そう単純なことではないかもしれないわよ。あんなことがあれば女性は怯える。それに、教主さまにもしものことがあったら教団をどうしてまとめていけばいいかと、聖香さまは考えるはずよ」

「しかし……」

「女性というのは、精神的に動揺し、窮地に追い込まれると誰かを頼ろうとするわ」

「なるほど。小平は、結婚が思うように運ばない、そこで聖香さまを動揺させ、気持ちを引きつけようとしてあんなことを……」

新浜が暗く顔をしかめた。

「猫の死骸を持ち込んだ目的は、たんに聖香さまを脅し、怖がらせることにあったと思うのよ」

「うん、私もそう思う……」

「女性が困ったとき、真っ先に頼るのは親でも友人でもないわ。愛している男性に相談する。それが女性なのよ」

継子は話しながら体をすり寄せた。

「女とはそんなものなのか……」

宗教だけに目を向けてきた新浜は、歳のわりに男と女の関係には、どこかうといところがあった。

「教主さまの病気のこともあるし、今は容態が持ち直したけど、やはりこれから先のことを考えると心細いと思う。だから余計に聖香さまは小平さんを頼ろうとするんじゃないかしら」

「つまり小平は、聖香さまを利用しようとしているというわけだな」

新浜はあり得ることだと思った。

小平がそこまで考えているとすれば、本当に、教団の分裂という事態も頭に置いて、これから行動していかなければならない。

小平にとって一番の邪魔者は私だ。

私さえいなければ教団を牛耳ることは、そう難しいことではない。だとすると、当然、私を失脚させようとするはず。

もしかすると、こうして継子と会っていることも、すでに知っているかもしれない。いや、あの男のことだ、証拠写真でも撮っているかも——。

新浜の胸を、ふと不安がよぎった。

失脚させるために、スキャンダルとしてその写真を使われる可能性もあると考えた。事態がはっきりするまでは、できるだけ継子と会わない方がいい。小平にとって、有利となる条件、攻撃の材料をこちらがつくり、わざわざ提供するのは得策ではない。

この継子の体を抱けないことは辛いが、それも仕方がない——。

と考えた新浜は、継子のしっとりした肉体に目を奪われながらも、なぜか部屋の外が気になった。

急に誰かが部屋の中を見張っているような、そんな気がして、ふとバスルームのドアに目線を移して、耳を傾けた。

「どうしたの？　顔色が悪いわよ」

継子が、黙り込んだ新浜の顔をしげしげとのぞき込み、まだ力の入っていない肉棒に手を触れた。

「いや、なんでもない……」

言葉を濁した新浜は、気のせいだろうかと思い、継子のなすがままにさせながら、さらに言葉を続けた。

「継子、君は聖香さまのそばにいつもついている。済まないが、聖香さまの言動に注意していてくれないか」

「聖香さまの？」

「うん、教団を割りたくないからすべてを知っておきたいんだ。だから、どんな些細なことでもいい。もれなく私の耳に入れてほしい」

「あなたのためになるのだったら、そうするけど。それより、もし小平牧師が聖香さまと結婚するようなことになったら、どうするつもりなの？」

継子が将来の立場を気にした。

「そんなことは絶対にさせない。私はね、小平さえいなければ、すべてが丸くおさまる、そう思ってるんだ」

新浜が険しい表情をあらわにした。

「失脚させるっていうこと？」

「そうだ。教団の今後を考えるとそうするしかない。私は小平のポストに君を、と考えているんだ」

新浜が険しい顔をして言う。

「私を企画広報部長に？……でも、失脚させられなかった時はどうするつもり？」

継子が真顔になってたて続けに聞いた。

「幸い、私についてくる信者も多い。聖香さまには気の毒だが、そのときは私を取るか、小平を取るか、はっきり決断してもらうしかない。それでもし、聖香さまが小平を選べば、教団分裂という最悪な事態になるだろう」

「そう、そうなの……そこまで腹をくってるの。あなたの気持ちよくわかったわ……」

継子は新浜の膝に抱かれ、ゆっくり手を動かして、刺激を加えながら、目線を伏せて物思いにふけった。

5

「検事、『泉霊の里』の教祖、和泉美里は私生児ですね。これを見て下さい」

神島が手に入れてきた戸籍謄本を多可子の前に出しながら、ぼそりと報告した。

「私生児？　そうですか……」

多可子が呟きながら、戸籍謄本を手に取り、目を通した。

なにか出生に秘密でもあるのだろうか……。と多可子は考えていた。

本人の過去を調べることによって、経歴や生い立ち、癖、考え方がはっきり見えてくる。

たとえば、生い立ちが暗ければ、性格がねじ曲がっていたとしてもおかしくはない。他人を信用できず、疑り深いとか、警戒心が非常に強くなることもある。また、性格が陰湿であったり、冷酷であったりする。

子供の頃に見聞きした経験は、大人になってもそう簡単に消せるものではない。その形成された性格を事前に知ることができれば、交渉するときの対策を立てることもできる。話を有利にすすめてゆくこともできるのだ。

「教祖本人の顔を確認しましたが、なかなかいい女ですね」

原田は、美里の美貌に強い興味を持ったらしい。目の奥をぎらぎらさせて、さらに話を続けた。

「教祖が美人だからというわけではないでしょうが、若い女性信者が多いことと、その女性信者を目当てに、最近では男の信者が増えてきたようです」

「女性の集まるところには男性が集まってくるとか……。教祖はその辺のことを計算に入れて信者集めをしているんでしょうね」

「ただですね検事、これはあくまでも、まだ噂にすぎないのですが、神島さんが面白い情報を入れてきてくれました。教祖の美里には、教団を興すまでけっこう派手な男関係があったようです」

「男関係ですか、それはつかえるかもしれないわね。それじゃ原田さん、引き続き神島さんと教主の男関係、それから預貯金関係を詳しく調べて下さい。スポンサーでもいれば、なお都合がいいですからね」

多可子がうなずきながら、落ち着いて指示した。教祖の私生活を徹底して暴き立てれば、教祖、あるいは教団にとって致命的なスキャンダルが出てくるかもしれない。

そのスキャンダルをつかめば、こちらの有利な条件でことが運べる。弱味を握ることで絶対に入信した信者の数をごまかさなくなる。

変にごまかすと、またなにかスキャンダルを暴露されるという恐怖というか不安が残る。だから、相手は逆らえないだろう。そうなればこちらの思うつぼ。教団が存続している限り、半永久的にお金を出させることができる。

と多可子は冷たく考えていた。

「それじゃ検事、『泉霊の里』については、もう少し調査を続けてみます」

原田が積極的な姿勢を見せた。

「そうですね。頼みます」

(原田は教祖の肉体を狙っているな。まあ、それもいいだろう。教祖がおちればの話だが——)

腹の中でにんまりした神島は、あの教祖のようなぽっちゃりしたタイプが原田の好みなのか、と余計なことを考えながら、どうなるか結果を見てみるかと思い、原田の顔をじっと見つめた。

一方、原田は原田で考えていた。

教祖の美里を抱いてしまえばこっちのもの。どうせ信者からかき集めてくる金だ。いくら出させても本人の腹が痛むわけではなし――。

美里は教団を創設して自ら教祖におさまったほどの女だ。ひとすじなわではいかない。秘密をつかまれ、どうにもならなくなったら、たぶん、ころっと態度を変えるだろうが――。

俺を引きつけておく方が、自分にとってプラスだと思ったら、逆にあの女から俺を誘ってくる。いや、なにがなんでも誘ってくるように仕向けてやる。教祖は信者の前ではいつも虚勢を張っている。だから気が抜けない部分があるはずだ。

男関係が多いというのは、案外、その部分で気をまぎらわせているのかもしれない。だとすると、外から見るのとは違って、男の前で裸になり、抱かれたときの教祖はまったく別人のように乱れるだろう。たぶん、信者には見せない顔を見せるはずだ。おもしろい――。

原田は、まだ一度も見たことのない美里の裸体を思い浮かべ、ひとりでニンマリしていた。

6

朝もやに包まれた『泉霊の里』の研修所は軽井沢にあった。

千坪はあるだろう、山の中腹にある緑豊かな広大な敷地の中に、白い洋風の建物と山小屋風の家が三棟、静かなたたずまいを見せていた。

外部から見ただけでは、そこが宗教団体の建物であるとはまったくわからない。ごく普通の別荘、そんな感じだった。

四棟ある建物のうち、白い洋風の家屋、それは聖堂だった。

教祖の和泉美里を迎えた聖堂の中では、朝の礼拝がおごそかに行われていた。

（信者がたった八百人くらいしかいないというのに、よくこれだけの施設が造れるものだ。よほどお金集めに徹底しているに違いない。それに、なぜ、これほど厳しい警戒をしなければならないのだろう。信者が逃げるとでも思っているのだろうか——）

山本恭子は、自分を破産させた田口佐世子が、金を注ぎ込んだ原因がどこにあるのか、どうしても知りたかった。

彰子に相談を持ちかけたあと、信者として『泉霊の里』へ潜り込み、あと一日で研修を終えることになっていた。

恭子は、中央正面にある神殿に飾りつけてある十字架に向かって手を合わせ、祈りながら、研修所の様子を想い浮かべていた。

研修のために入所している信者は三十名。男女十五名ずつだが、その信者を六人の牧師と、四人のシスターが指導している。

修行の身ということもあるのだろう。全員、純白のシルクで作られたロングパンツと、胸の前で合わせた短い着物のような上衣を着ていた。

（なにが、右の頰をぶたれたら左の頰を出せよ。あれだけ人を救けるとか、心がどうのとか説きながら、本質はこんなに閉鎖的なのに……）

恭子は祈りながら、心の中で苛々していた。

敷地の周囲には高いコンクリート塀が張りめぐらされている。

出入口は厳しく、頑丈な鉄製の門で遮断されていて、管理人をよそおった年配の信者が守衛についているだけだが、警戒は厳重だった。

門扉と塀のあちこちに、防犯用のカメラが取り付けられていて、別室で外部からの侵入を見張っている。すべてリモコンの操作によって監視していた。

（この神殿もわざわざ壁をくりぬいて造っているし、礼拝のとき以外はいつもカーテンを閉めて十字架を隠している。こそこそと、まるで隠れキリシタンみたい――）

研修所に住んでいるのはすべて信者なのに、なぜ隠さなければならないのか。きっと、なにかやましいことがあるに違いない、と思いながら、恭子は閉鎖的というか、秘密性の強い宗教団体の陰湿な一面をふとかい間見たような気がした。

教団が周囲の人目に気を遣い、神経質になることはある程度理解できる。

特定の教団が、別天地を求めて進出しようとすると、以前から定住している地域住民がそれを拒もうとする。そこに排他的な住民感情と、教団側との間に感情の対立が起き、トラブルが発生するのだ。

（日本人の特殊な宗教観が、そうさせるのかもしれない……）

と考えながら、恭子はさらに、敷地内にある別の建物を脳裡に想い描いていた。

聖堂から西に二〇メートルほど離れて建っている、二階建の山小屋風の建物二棟は、信者が寝起きする宿泊施設になっている。

一階はゆったりしたホテルのロビーを思わせる憩いの空間があり、くつろげるようになっている。そして、二階には五十室の独立した個室があった。

また、正面東側に位置する平屋建ての家屋は、修行の場。信者が個別に教団の教えを学習する部屋になっている。

教団はアメとムチをうまく使い分けている。

修行期間は十日間だが、はじめて入所したその日から三日間は光のない個室に閉じ込められる。トイレに行く以外、顔も洗えなければ風呂にも入れない。

神の前で過去の過ちを打ち明け、罪を悔い、心をあらためるため、修行という名のもとにたった一人で瞑想させられ、懺悔させられるのである。

その間、朝と晩、二度あるミサに出ることもできない。

牧師かシスターから話しかけられる他は、信者と口を利くことも、接することも許されない。まったく孤独な状態に置かれるのだ。

（あの窓もない、暗くて狭い部屋に、ろくに食事も与えられず閉じこめられたら、どんなに意思の強い人でも、神経がまいってしまう。きっと佐世子もこんな環境の中で洗脳され、のめり込んでいったんだ……）

恭子はまだ体調が元に戻っていなかった。

孤独からやっと解放されると、一日、一食わずかばかりの食事が与えられる。

二十六歳の恭子は、これまでにも体調を崩して食事ができなかったことはある。だが、本当の意味で、空腹の苦しみを経験したことはなかった。

お腹がすけば食べる。それが当たり前と思っていた。

たしかに空腹時の食物は美味しい。素直に食べられることがありがたいと思える。自分が生きている、そんな実感を味わえる一瞬でもある。だから余計に、食べることへの大切さが身にしみるのだ。

（祈るだけで皆が幸福になるなら、佐世子や私のような人間が出るわけがない。でも、うまい洗脳の仕方をするものだわ――）

恭子は、周囲の敬虔な祈りの声を耳にしながら、軽蔑する一方で感心していた。なにもわからない信者を、あえて孤独な状態に追い込み、睡眠時間を極端に短くする。精神を不安定にさせながら神の存在を自覚させ、頭の中に強く焼きつける。誰とも話をさせず、人との接触を禁じることで淋しさを感じさせ、人に会いたいという気持ちを起こさせる。

心理的な心の動きを利用する。タイミングを計って人に会わせ、ほっとする安らぎを実感させる。

食事をさせないことで、信者になった者に感謝する気持ちを植えつけるのだ。わずか三日間であっても、自由な生活に慣れている者にとって、孤独な状態に置かれることは思ったより辛い。

その孤独な三日間が過ぎると、初めて風呂に入れる。体を洗うだけですっきりした気持ちになり、新しい自分に生まれ変わったような気分になるから不思議だった。食べさせない。眠らせない。そして孤独にさせ、うまく人の心理を利用して精神的に追い詰める。そこで今度は、徹底した信者教育をする。

牧師二人とシスター一人が、思考力の薄れた信者に有無を言わさず、次から次に教団の教えを叩き込むのである。

（人間は本当に弱い。極限状態に置かれると相手の言うことに、なるほどと納得する。無条件で従うようになる。私みたいに、徹底した宗教嫌いな人間でも、自分の考えが間違っていると錯覚するようになるんだもの……危ない、危ない。しっかりしなきゃ、私まで変な気になりそう——）

と考えながら恭子が、自らの気持ちを引き締めたときだった。

突然、バタバタと、廊下の方から慌ただしい足音が近づいてきた。

その足音が聖堂のドアの前でぴたっと止まった。

（こんなに早く、なにがあったのだろうか……）

恭子は気になった。

ミサの時に人が入ってくることは絶対にない。いったん聖堂に入れば、病気でもない限り外へ出ることさえも禁じられているのだ。

男が入ってきて、なにやらシスターに耳打ちした。シスターがじろっと恭子に冷たい視線を向けた。シスターが牧師の言葉を教祖の美里に伝える。

大きくうなずき表情を強張らせた美里が、シスターと同じように険しい視線を恭子に突き立てた。

（なによ、人の顔をじろじろみて——）

祈るような素振りをしながら様子をうかがっていた恭子は、ぞっと背筋が凍るようないやな感じを受けた。

7

打ち合わせの最中に、殺された兄石川年夫のことを思い出していた彰子の耳に、電話の鳴る音が聞こえた。

瑞帆が受話器を取り、

「はい……ええ、おられます。しばらくお待ち下さい」

と応対して、受話器の口を手で塞ぎ、彰子さんと声をかけた。

頷きながら受話器を受け取った彰子が電話に出る。

「はい、石川ですが……えっ、何ですって⁉」

彰子が急に声のトーンをあげて顔をくもらせた。

その声に多可子をはじめ、五人の目が一斉に彰子に注がれた。何があったのか、とそんな怪訝な表情をして話に耳をそばだてていた。

「聖マリエス神霊教団に猫の死骸が？ それで……うん……そうなの、済まないけど、引き続きその辺の事情をできるだけ詳しく調べて……頼んだわよ」

しばらく、うん、うんと返事しながら話を聞いていた彰子が気持ち悪そうに眉根を寄せた。

兄を殺して自殺した男が関わっていたあの教団で、今度は猫の死体か。やはり、教団を恨んでいる者が大勢いるんだ、と思いながら電話を切った。

「猫の死骸がどうかしたの？」

多可子が気にして聞いた。

だが、電話の相手については誰も聞かなかった。

なぜなら、いろいろな教団に息のかかった者、情報提供者に金を与え、潜り込ませている。誰からの情報かは、教団の名前が出てくれれば多可子たち幹部には提供者が特定できる。

どこに誰の目が光っているかもしれない。だから、協力してくれる相手の名前は特別の場合を除いて口にしないようにしていたのだ。

「聖マリエス神霊教団の内部で騒ぎが起きているようです。教主の娘、戸田聖香のプライベートルームに、猫の死骸、それも、首から切り落とされた頭部が持ち込まれていたということです」

「プライベートルームに？」

神島が鋭い眼差しを向けて聞き返した。

プライベートルームなら夜は鍵をかけているはず。その部屋へ猫の死骸が持ち込まれていたというのはおかしい。当然、本人が気がついていれば、そんなことはさせないはずだが――。

「詳しい状況はわからないのですか」

布施が身を乗り出した。

「ええ、まだ……ただ、首から切り落とされた猫の頭がバスルームに置かれていたらしいの。中は血だらけだったそうよ」

彰子の話を聞いていた瑞帆が真っ蒼になり、気味悪そうな顔を向けてブルッと身震いした。それでも好奇心が先に立つのだろう、恐る恐る聞いた。

「猫の頭だけが、ですか……」

「そうらしいわね」

「しかし、頭部だけというのは変だわね……神島さん、どう思います？」

多可子が首を傾げながら、意見を求めた。

「おそらく別の場所で猫を殺し、死骸と血を持ち込んだのではないですかね。しかし、プライベートルームの合鍵を持っていたのならともかく――」

神島は納得できなかった。

よほどぐっすり眠っていたのだろうが、それにしても、プライベートルームなら女独りの部屋だろうに。犯人が深夜、ドアやガラスを割って入れば音に気付くはず。それに、バスルームに入ったとすれば音もするはずだが――。

もし、外部から侵入した痕跡がなければ、合鍵を使ったと考えるしかない。とすれば、犯人はその部屋に入ったことがあるか、自由に入れる者に絞られてくる。

しかし、いずれにしても単なるイヤがらせにしては度が過ぎている、と考えた神島が、険しい表情をして聞いた。

「警察への届出は？」

「まだのようですね」

「そうですか……」

「怨恨だな、これは……」

眉をひそめた神島に代わって原田が言う。

「しかし……」

多可子が考えながら独り言を言うように呟いた。

「たしか、その教団は教主が重い病気にかかっていたのではなかったですかね」

と横から聞く布施の言葉に、多可子は大きくうなずいた。

教団の内部に何かよほどのことが起きているか、教主の娘に何か秘密があるかだが……。

教主が病気で死亡すれば、過去の例からしても当然、教団の後継者争いが起きてくる。教主の娘、聖香が陰湿なイヤがらせを受けたということは、その後継者争いに絡む脅しではないだろうか。

いずれにしても、教団内に権力争いが起きる火種がくすぶっているのは間違いないが
――。

多可子はそう考えながら、内心、冷たくほくそ笑んでいた。

どんな新興宗教でも、教団を興した教祖なり教主はどこかカリスマ性を持っているから、その教祖なり教主が健在なときは、まず教団内部に権力争いは起きない。

教団が分裂し、新勢力ができる時点というのは、ほとんどカリスマ性のある教祖の身辺に異変が生じた時である。

病気や死に限らず、スキャンダルによってカリスマ性に陰りが見えたとき、教主への信頼が崩れる。

なんと言っても、教団を構成しているのは生身の人間である。いくら神仏にかしずき、宗教思想を学んだところで欲を捨て去ることはできない。しかも、教団の幹部で中枢にいればいるほど、一般信者にはわからないうま味も知っている。

教団の後継者となってもよし。権力争いに敗れても、新しい教団をつくれば、それだけで莫大な金を独り占めできるのである。

多可子にしても彰子にしても、年夫の死で、その実態をつぶさに見てきた。

多可子たちは、まじめな信者や地道な宗教活動をしている教団から金を取る気はな

い。だから事前にしっかり調査しているのだ。

つまり、欲に目のくらんだ汚い教団にプールされた金だけを巻き上げようと考えていた。

金と権力の欲にとりつかれ、偽善者の顔をしている毒された教団。金儲けのために宗教を利用し、信者を騙している教団だけをターゲットにしていたのだった。

「たしかあの教団には、教主の娘のそばにつきっきりで世話をしている女性がいたはずだが……」

布施が考えながら呟いた。

「ええ、もと占い師で、いま教団に専従している松崎継子という女性が。今は独身のはずよ。一度結婚した経験があったと思うわ。ファイルを見ればもっと詳しくわかるけど……」

彰子の説明を聞いて、原田がうなずき、

「離婚して、教団に専従しているのか……検事、この女はつかえますね」

と言って、また思惑ありげな冷たい笑みを漏らした。

宗教に凝り、家庭不和を招いた挙げ句、女盛りの女が離婚する。よくあるパターンだ。しかし、男を知っているだけに意外に落としやすいかもしれない。

心に深い傷をもっているから、男を敬遠しているように見えても、気持ちのどこかにやはり男のことが残っているし、決して肉体が男を忘れてはいない。

三十代半ばで独身になった女は、傍から見るのと違って、意外に身持ちが堅い。それだけに骨は折れるが、落としてしまえば扱いやすい、と考えていた気の多い原田が、真顔になって言う。

「検事、その松崎継子は私に任せていただけませんか」

多可子は、女と遊びなれている原田に任せた方がうまくことが運ぶかもしれないと思いながら、目を伏せて考えた。

初めから男嫌いで独身を通そうと思っている女性などいやしない。ましてや過去に離婚経験があるということは、何か、よほどの事情があったはずだ。

その事情を探れば、本人の弱点が必ず見えてくる。それに、いったん男を知った女の肉体は意識する、しないは別にして、そう簡単に忘れられるものではない。

今は教団に専従していて、気がまぎれているかもしれない。だから、たぶんガードは固いだろう。しかし、再び女としての歓びを与えてやれば夢中になる。そうすれば情報は引き出せる。

と考えた多可子は頭の中で、肉体関係がある神島に悪いと思いながら、ふと、年夫に抱かれ、燃える体の疼きを癒してもらったときの感じを想い出していた。

そう、年夫の指先が私の秘陰に触れたとき、私の体が敏感に反応した。

あの指が、体のなかに入ってくるだけで、なぜか、いやなことを何もかも忘れさせてくれていた。

あの人の前でなら、恥ずかしかったけど体を投げ出すこともできた。いや、むしろ私の方から恥ずかしい部分を見てほしい、そんな衝動にかられていた。

多可子はいつも指で触られるとかならず次の行動を期待していた。もうすぐ舌で気持ちよくしてくれる。二度も三度も続けていかせてくれたあと、さらに、あの固く猛々しい男性のシンボルで、気が遠くなるまで体を愛撫してくれる。

そう考えると、年夫は必ず思ったとおりにしてくれて、腰がふらふらするほど満足させてくれた。

多可子の肉体は、いまだに年夫から抱かれたときの甘い感触を覚えていた。頭の中で年夫と絡み合ったときのことを想い出しただけで、股間が疼き、濡れてくるのだ。

それだけに、言うに言えない精神的な疲労が溜まり、考えすぎて悩むときもイライラすることもある多可子にとって、年夫の腕の中、胸の中は、唯一の安らぎの場だったのである。

（しかし、私の体を慰めてくれていた年夫はもういない。愛してくれるあの人は、私の胸のなかにしかいない……もう忘れなければ、神島さんに対して申し訳ないもの……）

多可子は検事という職業柄、いつも気を張りつめている。今までは年夫の前で女の部分を遠慮せずに見せることができた。

しかしいまは、神島以外の他人の前で自分をさらけ出すことはまったくない。常に法の執行人として、冷静に接している。

「それから検事、九州の別府で『泉霊の里』の信者だった娘を親が殺し、放火の上、自殺した事件があったそうです」

「娘を殺して自殺？……」

多可子は追憶から我に返った。たぶんあくどい教団のやり方に陥れられたのだろう、と思いながら形のよい眉をキッとつり上げて険しさを顔に見せた。多可子は顔を上げて、

「それじゃ、和泉美里と松崎継子の件は原田さんに任せるとして、布施さん、すみませんが、その娘の件を調べに、九州へ行ってくれませんか」

多可子は一瞬、調査は神島にと思ったが、彼は現職の刑事である、裏の仕事で出張させるわけにもいかない。それで専従している布施に調査を依頼したのだった。

「はい、詳しい事情を調べてくればいいのですね。わかりました」

「お願いします。それじゃ神島さんは、『聖マリエス神霊教団』の方を調べて下さい。それから瑞帆さんは『宇宙真心教』の件お願いします」

多可子の言葉にうなずいた神島と一緒に、他の四人は一様に緊張した表情を見せていた。

第三章　表と裏の顔

1

東京世田谷にある『聖マリエス神霊教団』の大聖堂では、全国から集まった幹部信者が、最高幹部の新浜、それに小平、継子を交えて話をしていた。

「教主様の病状は本当のところどうなんですか」

男の信者が立ち上がって聞いた。

「いま聖香さまがおそばについておられますが、必ずしもはかばかしくありません。そのことを皆様にご報告しなければならないということは辛いことです。しかし、皆様の祈りが天に届くとき、必ず教主様は蘇る。そのためには、あなた方幹部が、真剣に祈りを捧げて病気の回復を願うと同時に、できるだけ多くの信者を集めて祈らなければなりません」

新浜が険しい表情をして報告をした。

幹部信者たちは、みな沈痛な面持ちをしていた。

目をつぶりその場で手をあわせる者、涙ぐむ者、それぞれが教主の病気を心から心配していた。

小平がちらっと新浜と継子の顔に視線を向けて、幹部信者に訴えかけた。

「皆さん、今は教主様のご病気を悲しんでいるときではありません。こんな時だからこそ、われわれ、神の下僕たる者が一致団結して、体制を固めておかなければならないのです。教主様のご病気が外部に漏れると、われわれの教団に圧力をかけてくる者もいるでしょう。すでにそうした兆候が見られることは確かです。しかし、外部の誹謗中傷には絶対敗けてはなりません。われわれ信者は神のもとに、心を一つにして教主様のご回復を祈るのです」

口で出す言葉とは裏腹に、小平は心密かに、新浜と対抗する姿勢を固めていた。

新浜と継子が教団を割ろうとしている。教主様がお亡くなりになったあと、この二人が教団を牛耳ろうとしている。どんなことがあっても二人の野望を阻止してみせる。

聖香も女。私と特別な関係になっている以上、そう簡単に離れられるはずはない。おそらく教主様が他界したあと、教団の分裂は決定的なものになる。その時こそ実権をにぎる千載一遇のチャンス。教団の最高幹部の座を必ずつかんでみせる、と考えていた。

信者たちも、すでに教主の死期が近いことはわかっていた。神に召されるというのも、すべて神のご意志。それに逆らうことはできない。そんな諦めもあった。そして、その教主の死を境にして、教団の危機が訪れようとしていることは、全員がうすうす感付いていた。

肩を並べて座っている新浜と小平は、ほとんど顔を向き合わせることはない。互いに言葉を交わすこともなかった。

それが幹部信者たちの目には不自然に感じられたのだろう、ひとりの女性信者が立ち上がった。

「新浜牧師さま、わたしたちが教団のために命を捧げ、尽くすことにいささかも異論はありません。しかし、一部の雑誌や週刊誌に、教団の内部事情があれこれ書かれています。すでに分裂の危機にあるとか、権力争いが渦巻いているとか、そういったことがなぜ外部に取り沙汰されているのか、そこのところをはっきりご説明願いたいのですが」

女性幹部の質問に、新浜が険しい顔を向けて答えた。

「先程も話したように、教主様の病気回復が思うに任せない今の現状では、いろいろな誹謗中傷が出てくるでしょう。そのことはわれわれの耳にも入っています。われわれ信者はそうした外部の声に心を動揺させてはならないのです。たとえ雑誌や週刊誌にいろいろ書かれたとしても、いちいちそれにこちらが目くじらを立てていたのでは、かえって藪蛇になる。無視することです。そうしたことに心を砕くより、いまは教主様のために神に祈ることです」

「しかし、なにか手を打たなければ……」

「その通りです」

「教団が分裂するとかしないとか、そんな噂が広まれば広まるほど、わたしたちの日常の活動がやりにくくなります。その点、幹部の方々はどう考えておられるのでしょう」

と女性信者が興奮気味に聞く。

「わたしたちの支部でも、実際に宗教活動をしているとそうした声が出てきて、非常に活動がしにくくなっています。小平牧師、そうした誹謗中傷、外圧に対して、われわれはどう対処したらいいのか、はっきりと方法を示していただきたいのですが」

男性信者が真剣な顔をして聞いた。

「私は広報部長という立場から申し上げます。すでに教団を誹謗中傷した出版社に対して、何を根拠にそうした記事を書いたのか、こちらから抗議をしています。しかし相手はまだ、はっきりした返答を寄せてきていないのです。そこで、単なる噂でこれ以上教団攻撃をするなら、法的な手段に訴えると先方には申し入れていますし、謝罪するように強く要求しています」

「幹部の方々の言わんとするところはわかります。しかし、さらに、聖香さまの部屋に猫の死骸が投げ込まれていたと言うじゃないですか、一体これはどういうことでしょうか」

また別の幹部信者が立ち上がって聞いた。

「それは今調査中です」

新浜が小平に代わってたった一言説明し、その場を逃れた。だが質問した幹部信者は納得しなかった。

「継子さま、私たちは教団のことを心配しているから、事実を知りたいと思っているのです。はっきりお教え願えないでしょうか」

男は継子に質問の矛先を向けた。

うなずきながら立ち上がった継子は、暗い表情をしてフーッと辛そうに息を吐き出し、話しはじめた。

「事実です。しかし、いま新浜牧師さまがおっしゃったように、なぜそういうことが起きたのか、聖香さま自身にも見当がつかないというのが本音です。こうしたイヤがらせは絶対にあってはならないことですが、いちばん恐怖を感じたのは聖香さま自身でしょう。しかし、その聖香さまは誰がどういう理由でそうした行動を取ったのか、それを追及せよとはおっしゃいません。じっと耐えているのです。わたしたちが深く追及しなくても、死骸を投げ入れた人物を大きな気持ちで許しておられるのです。そのうちきっと、そうしたいたずらをした人が自分で反省するでしょう、こうおっしゃって許しておられるのです」

話を終えた継子が着座したあと、言葉をついで新浜がさらに話を続けた。

「今は教主様がたいへんな時期、われわれ幹部が動揺してはなりません。聖香さまのおっしゃる通り、そうした行為に走った人を、わたしたちは許してやらなければなりません。事件をあれこれ取り沙汰するよりも、教主様のご病気の回復を祈るのが、今の我々の務めではないかと思います」

と新浜が話し終えたとき、ドアがノックされ、女性信者が血相を変えて入ってきた。部屋の中を走るようにして新浜のところへ近付いた。

信者が何事かと一瞬、緊張して固唾を飲んだ。

みるみる新浜の顔色が青ざめた。大きく何度も何度も頷いた新浜の顔には、悲壮感がありありと浮かび上がっていた。

継子が顔色を変えて再び立ち上がる。入ってきた女性信者と一緒に早足に会議の席をあとにした。

幹部信者は啞然としていた。会場は水を打ったように静まり返った。

くるものがきた。信者たちは直観的に教主戸田が神のもとに召された、そう感じて顔色を失っていたのだ。

「新浜牧師さま、まさか、まさか教主様が……」

　女性信者が声を震わせて聞いた。

「みなさん、落ち着いてください。大丈夫です」

　話す新浜の横で、小平が顔を強張らせていた。

　二人とも慌てなかった。すでに教主が死を迎えることは秒読みの段階に入っていたからだ。

「教主様が今危篤状態に陥ったという知らせですが、決して動揺してはなりません。もし、万が一ということがあったとしても、悲しんではならないのです。神のもとに召されるのですから。むしろそれは喜びだと、常々教主様はおっしゃっていました。その言葉をわたしたちは噛みしめて、冷静になるのです」

　新浜が重い口調で話しながらも、できるだけ平静さを装っていた。

　それから二、三十分も経っただろうか、蒼ざめた顔をした聖香が継子をともなって、入ってきた。

　幹部信者たちの心配そうな眼差しが一斉に聖香に向けられた。

　教団の危機を話し合うことさえ忘れるほどのショックを隠しきれず、顔を強張らせた聖香が席へつくのを目で追っていた。

　聖香はみんなの顔をゆっくり見回した。それから気持ちを整え、ゆっくりと言葉を噛みしめるように話しかけた。

「ご心配をかけましたが、医師の和久津先生の懸命なお手当てと、神のお力によって教主様は危機を脱しました。ご安心ください」

聖香の報告に、信者たちは一様にほっと胸を撫で下ろした。

「皆様に、教主様からのお言葉を伝えます。今、世界は終末を迎え、破綻しようとしています。飢餓や飢饉、それにエイズ、その他の病が環境の破壊と同時に、世の中に蔓延してきています。それらはすべて、この世の終末を表すひとつの現象なのです。それを阻止できるのは、われわれの神、マリエスしかないということです。教主様はこうおっしゃっておられました。信者の方々が強く団結して、世のため人のためにつくし、苦しみ病める人を救け、破壊される環境を守るため、われわれ神に仕えるものが真剣に取り組み命を捧げる。それこそが使命だと……」

聖香は冷静そのものだった。

一言、一言、厳しい口調で、みんなに言い聞かせるように喋り続けた。

「今、世の中は人助けをするための人を求めているときです。世は人を求め、人はより良い世を求める。そのために私たちは、教主様のご意志を理解し、教団のために邁進していかなければならないのです」

聖香の言葉を聞く幹部信者たちは手を合わせて、じっと話に聞き入っていた。

「聖香さま、新浜部長と小平部長はもう、どうにもならないところまできているようです」

2

聖香の部屋を訪ねた継子が、深刻な顔をして報告した。

「そう……」

聖香が大きくうなずき、じっと考え込んだ。だが動揺の色は見せなかった。

やはり、人の上に立ち、人を導くために育てられた聖香さまは並みの人間ではない、継子はそう思った。

「それで、具体的なことがなにか出てきたの？」

伏せていた目線を上げた聖香は、表情こそ変えなかったが、険しい眼差しを向けて聞いた。

「はい。はっきり申し上げますと、小平部長が聖香さまと結婚することによって、この教団を牛耳ろうとしています。新浜部長はそのことをとても気にしております」

「やはりそうなの……新浜部長はこの教団創設以来の幹部ですものね。教主様にもしものことがあれば、私の後見人として実質的に教団を仕切ることができる。そう思っているでしょうからね」

「はい。事実、新浜部長も、小平部長を陥れて教団での影響力を強めようとしています。しかし、新浜部長にとって障害になるのが、聖香さまと小平部長の結婚の噂です」

「つまり、新浜部長がいちばん恐れていることは、私と小平部長が一緒になるということなのね」

聖香が念を押すように聞き返す。

「はい、教主様に万が一のことがあれば、当然次の教主様は聖香さまです。しかし、聖香さまが最高責任者におなりになったあと、小平部長を教団から追放すれば、あとは自分に逆らうものがいなくなります。たぶん、新浜部長の狙いはそこにあるのではないでしょうか」

継子は新浜と特別な関係にありながら、これまで二人で話した思惑を聖香に詳しく報告していた。

よほど聖香を信頼しているのか、あるいは聖香のそばについていた方が有利だと打算的に考えているのか、事実をありのまま隠さずに話した。

「それから聖香さま、教団の内部を調べている者がいるようです。お気をつけになって下さい」

継子の言葉に大きくうなずいた聖香が、また考え込んだ。

たとえ外部の者からいろんな誹謗中傷をされたとしても、恐れることはない。しかし、いろいろ問題を起こし、火種をそのままにしておくのは、これからの教団にとって決してプラスにはならない。なんとかうまく処理しなければ――。

聖香は、このままなにも手を打たずに放置していては、まずいと思った。父が亡くなれば当然、教団内のトラブルが表に噴き出してくるだろう。そうなってからでは遅い。

それにトラブルがあまり表沙汰になれば、熱心に宗教活動をしている信者たちに無用な不安を与え、気持ちを動揺させる。少しでも信者に不信感を持たせるのは好ましくない。

いま世間やマスコミは教団のスキャンダルを興味本位に暴こうとして躍起になっている。しかし、こちら側としては、そうしたマイナス面が表に出てくると、新しい信者の獲得が難しくなる。

教団は信者を増やすことに目的がある。だから逆に信者を減らすような要素があれば、あまり傷口が大きくならないうちに処理しておかなければならない。

私もこのあたりでそろそろ小平と関係を切る必要がある――。

聖香はそう考えながら、継子を見つめて、

「……小平部長のことで気をつかうことはないのよ。継子さん、私に結婚する意思はありませんから」

「それでは聖香さまも、小平部長の失脚をお認めになっておられるのですか」

「誤解されては困るわ。いまは絶対に教団を割らない方向で物事を考え、進めていかなければならない時期。たとえ新浜、小平両部長が権力争いをしていたとしても、信者を引っ張っていけるのは教主様ひとり。かりに二人が私を抜きにして教団を分裂させたとしても、決してうまくいくはずはない。信者は教主様のお言葉には絶対逆らえない。ただ気をつけなければならないのは、一部の幹部の権力争いが原因で信者のみなさんを動揺させることなの。それだけは、なんとしても避けなければ」

「はい……」

「彼ら二人が権力を争っていることは事実だとしても、各々ひとりずつの力ではどうすることもできない。もし二人が決定的な争いを起こせば、二人のうちのどちらかが教団から去っていくでしょう。それはそれで仕方がないこと。でも信者は決して、新浜、小平部長個人を崇拝しているわけではない。『聖マリエス神霊教団』の信者として、やはりマリア様とイエス様の教えを忠実に守り、慕うでしょう」

「その通りです。教主様や聖香さまを心から信じたとしても、新浜、小平両部長を個人的に崇拝するものはいませんから」

「今あの二人は、自分が頂点に立てると勘違いしている。心を迷わせているのです。しかし、彼らでは信者の絶対的な尊敬を得ることはできない。自分たちの考えが甘かったと、今に気が付くときがきます。それより、教主様のご病気という苦しい時期だからこそ、私たちは教団内のぎくしゃくした雰囲気をなんとしてでも収めなければならないのです」

聖香は、教団が分裂することを極端に警戒していた。

「しかし聖香さま、このままですと、いずれ二人の権力争いが表面化してきます。そうなりますと、いちばん迷惑を被るのは教団、いや、聖香さま自身です。私の立場でさしでがましいことは言えませんが、この場を平穏に、なんとか丸く収めるためには、小平部長に教団から身を引いてもらうのがいちばんいいと思うのですが……」

継子が意見を具申した。

「あなたの言わんとするところは、よくわかります。しかしそうは言っても、簡単にやめさせるわけにはいきません。まあ、いずれ自分自身のやってきたことが教団に迷惑だったかどうか考えるときがきます。その時はたぶん、こちらから言わなくても黙って教団を去るでしょう。私たちが考えなければならないのは、信者を減らさないということです」

「はい……」

「教団が分裂すれば当然信者の数も減ると思う。教団の力が弱まれば弱まるほど信者は不信感を抱くようになるし、また、信頼を失うことになります。だから信頼をなくさないためにも、私たちはさらに教団を大きくしてゆかなければならないのです」

聖香は、一言一言慎重に考えながら話した。

「それでは聖香さま、私はこれまで通りでよろしいのですね」

「お願いね。私たちは自然体で相手の動きを見ながら行動すればいいのよ」

聖香は、もっと事態を見定めなければ、と考えていた。

「はい……聖香さま。ただ私が心配なのはマスコミです。教団内部の争い事について、あれこれ探ってくると思います」

「そうね、なんとか手を打たなければ……継子さん、そうしたマスコミから非難されないためにも、あなたには今まで通り、どんな些細な情報でも集めてもらいたいの」

聖香は、新浜が継子に頼んだのと同じように協力を依頼した。

「はい」

「新浜部長と小平牧師から権力への野心を奪い、諦めさせ、本来の姿に戻すことができれば、教団が分裂して二つに割れることはありません。いままで通りにやっていけます」

「はい……」

「私たちまで権力抗争に巻き込まれたら、それこそ収拾がつかなくなります。どちらの側にも絶対に加担しない。それさえ守っていれば、無茶な行動もできないはずです」

聖香は、教団の分裂をなんとしてでも防がなければならない、そう考えていた。

「それから継子さん、私が教主様のあとを継ぐようになったら、教団の在り方が今のままでいいのかどうか、そのことも十分検討してみましょう。だから、いざというときに二人を説き伏せるだけの材料を今のうちに集めておかなければなりません。もしそれで、どうしても彼らが教団にとって不適当な人間だということになれば、その時はその時で、はっきり態度を示さなければならない。それにもう一つ、もし二人をこの教団から追放するとなれば、実質的に教団を運営していく幹部をつくらなければならない。つまり、私があとを継いだときには、できるだけ幹部を女性に入れ替えようと思ってるの。あなたもその最高幹部候補の一人ですからね。それを頭に入れて頑張ってほしい」

「わかりました。ありがとうございます」

新浜部長も同じような条件を持ち出した。しかしあくまでも企画広報部長のポスト。その点聖香さまは、私を教団のナンバーツーにと考えて下さっている。そんなことを考えながら、継子は深々と頭を下げた。

3

神島は『聖マリエス神霊教団』を張り込んでいた。

表と裏の顔を使い分け、信者に借金までさせて、ぶくぶくと肥っていく教団の金銭的な汚さに対して、どうしても気持ちのなかで許せない部分があった。

世のため、人のため、人助けをするといいながら、裏の顔は汚れ切っている。信者を操り、すべて金に結びつけている教団の姿勢が我慢ならなかった。

さらに、世紀末がやがて訪れてくる、不幸な出来事から助かるためには神を信じるしかない、と言いながら、一方で神に祈らなければ最大の不幸が起こる、と脅しをかけて信者の気持ちを惑わしている。

何が何でも教団の弱点となるような事実をつかみたい。神島はそう考えながら徹底して教団をマークしていたのだった。

（うん？……）

神島は、教団に近づいてくる男女の人影に見入った。

歳は五十のなかばすぎだろう。水銀灯の光に照らされた顔は二人とも険しかった。

（なにかあったのだろうか、どうも信者のようではないが……）

神島はそう思いながら、車の中から二人の様子に目をこらした。

二人はよそ見もしないで、教団の入口に歩み寄った。

神島は、車のドアの窓ガラスを下ろして、じっと耳をそばだてた。

周囲は静かだった。

ときどき虫の鳴く声が聞こえる他は、吹く風に揺れる葉音が聞こえてくるだけだった。

「用件はわかっているはずだ。責任者に会わせろ！」

男がきつい口調で言う。

「またあなた方ですか。もう、用はないはずです。帰ってもらいましょう。話すことは何もありません」

守衛の男が迷惑そうに言葉を返した。

「あなたたちは他人の娘を陥れ、破産にまで追い込んでおいて、よく平気な顔ができるわね！　宗教は人助けをするのが目的じゃないの！　私たちから娘を奪い、隠すなんて、よくそれで人を導くとか、幸せにするとか、そんな綺麗事が言えるわね！」

女が、かなきり声を上げて食ってかかった。

「陥れたとか、破産に追い込んだとか、あなた方こそ、そういう勝手なことを言って教団を陥れようとしているじゃないですか。迷惑です、さあ帰って下さい」

守衛の男が憮然として、二人にきつい言葉を浴びせかけ、追い返そうとした。

「あんたでは話にならん。責任者を呼べ、責任者を！」

男が、憎しみのこもった言葉を吐きかけた。

「前にもお話ししたとおり、あなた方とこれ以上、話すことはありません」

「なんだその言いぐさは、うちの娘の一生を台無しにしたのは誰だ！　この教団じゃないか！」

男親が眉をつり上げて、激しく罵った。

「娘を返して――！」

女がさらに喚き立てた。

（そうか、娘さんが破産させられたのか。やはり『泉霊の里』と同じようなことをやって、あくどく信者から金を毟り取っていたんだ――）

神島はじっと様子をうかがいながら、ふと布施が調べに行っている九州の事件を思い出していた。

守衛と二人の男女は、門扉を挟んで睨み合っている。だが眉をしかめた守衛は、話しても無駄と考えたのか、喚きたてる男女を無視して建物の中に引き下がった。

「逃げるつもりなの！　それでもあなたたちは宗教家なんですか。神というのはそんなに冷酷なものなの。そんな神ならこの世から抹殺されればいいんだ。恭子を返せ！」

女は半狂乱になって叫び、騒ぎたてた。

まわりが静かなだけに、甲高い女の声は響いた。だがその声もすぐ闇の中に吸い取られるように消えた。

（うん、恭子？……まさか、山本恭子のことじゃ……）

と思わず聴き耳を立てた神島は、ほんの瞬間だったが頭を混乱させた。

（山本恭子は、『泉霊の里』の信者だった田口佐世子の連帯保証人になって破産したはず。それなのになぜ、この教団にきて親が抗議しているんだ。怒りを向ける矛先が違うが……。いや、もしかしたら、二つの教団がなんらかの形でつながっているのかも――）

と疑いながら、さらに様子を見ていた。

門扉の鉄格子を両手で持った女は、ろくに話もしないで突っぱねられたことに、かなり苛立っていた。

ばたばたと人の足音が聞こえる。

「今に見てなさい！　この教団のやり方を暴き立ててやる。若い娘を騙して金をつくらせる。九州で親娘三人を殺して、あなたたちはなんともないんですか!!」

女は憤る気持ちのやり場がなかったのだろう、鉄格子を激しく揺すりながら叫んだ。

建物の中から再び夫婦の前に、守衛と白い服を着た男たちが姿を見せ三人駆け寄ってきた。

「帰ってください。ここは修行の場です。心を乱されては迷惑です」

中の一人が冷たく言う。

（たしか九州といったが、やはりあの事件に違いない。だとすると、やはりこの二人は山本恭子の両親ということになるが――）

神島は、ますます『泉霊の里』と『聖マリエス神霊教団』のつながりについて強い疑問を抱いた。

神島は、これはいい材料になる、と考えながら車の中からカメラを向けた。シャッターを切る。やりとりの一部始終を証拠写真として残しておこうと考えていたのだ。

建物の中からでてきた男たちも守衛も、喚いている二人を再び無視してすぐに引き下がった。

「逃げるの、あなたたちは！」

「教団はそんな態度を取るのか！　出るところに出てはっきり決着をつけてやる。娘が金を借りて教団に注ぎ込んだことはわかっているんだ！」

男が悔しそうにののしった。

夫婦連れは闇の中に消えていく信者たちの後ろ姿をさも憎々しそうに睨みつけて、背中に憎悪の気持ちを叩きつけた。

だが、憤りをぶつける相手がいなくては、喧嘩にも交渉にもならない。しばらく喚いていた男女は苦々しそうに顔を顰《しか》め門の傍を離れた。

神島は車から下りた。

急いで二人を追った。

声をかけた神島を見て、二人がいぶかしげな顔を向けた。

「突然申し訳ありません。確かいま、娘さんが破産したとか、九州で人を殺したとか、そんなふうに言ってるのが聞こえたんですが、もしかしたら、あなた方は山本恭子さんのご両親では」

「はあ、そうですが……なぜ娘の名を？」

夫婦が首を傾げながら聞き返した。

「――申しおくれました。私は警視庁の者ですが、実は九州で殺された娘さんと自殺した両親の件について調べているんです」

「では、やはり警察も……」

夫婦がそろってうなずき、ほっとしたように表情を弛めた。

「もし差し支えなかったら、詳しい事情を聞かせてもらえませんか」

神島は落ち着いた低い声で頼み込んだ。

「聞かせるも聞かせないも、どうか、私たちの話を聞いて下さい」

男が警察と聞いて、すぐ話にのってきた。

「それじゃ、ここで立ち話もなんですから、私の車がそこにありますので」

神島は二人を連れて乗用車に戻った。

「あの、すみません」

　そして、夫婦を乗車させて、教団から少し離れたところまで車を走らせて止まった。

よほど、恭子の父親は憤りが胸につかえていたのか、待ち切れないように話しはじめた。

「娘はカードを作り、そのカードで借金をしたばかりか、高利の金を借りてまで友だちのためにしてやったんです。ところがその金を全部教団が吸い上げたというじゃありませんか。娘が三千万円もの借金を抱え破産したのは、すべてこの教団があくどいやり方をして信者を騙し、金をむしり取ったからです」

「なるほど……しかし、恭子さんは『泉霊の里』の信者だった田口佐世子さんの連帯保証人になっていたのではないのですか？」

　神島がいちばん気になっていたことを聞いた。

「以前、娘が私のところへ困り切ってお金を無心にきたときの話では、友だちの田口佐世子さんは、この『聖マリエス神霊教団』に入信してたのですが、活動するために『泉霊の里』に移ったようなんです」

「それじゃ、教団を変えたということですか——」

「いえ、それがそうではないらしいのです。あまりの多額なお金でしたから、娘が友だちの佐世子さんを問い詰めたところ、『聖マリエス神霊教団』の幹部で、たしか小平という幹部から命令されたからということでした」

「理由はわかりませんが佐世子さんはこの『聖マリエス神霊教団』に在籍したまま、『泉霊の里』の方へ行かされていたようです。しかも、その小平の子供まで妊娠していたというんです。こんな非常識なことがありますか。そうでしょう刑事さん」

女がおもいきり、憤る胸の内をぶちまけた。

「実際、お金は『泉霊の里』の方へ送金していたようですが、そのお金はほとんど『聖マリエス神霊教団』の方で吸い上げているらしいのです」

「どういうことですか？」

「『泉霊の里』の教祖は、給料で雇われているだけの人間だということです」

「つまり、雇われ教祖というわけですか……」

「そうです。背後でこの教団の小平という幹部が糸を引いているんです」

「佐世子さんは借金が滞り、連帯保証人になっていた友達を裏切ることになって苦しみぬいた挙げ句、精神的に追い込まれて、とうとう親に殺されるはめに陥ったんです。こんなひどいことをしていながら、私たちに会おうともしない。それればかりか、十日ほど前から娘が行方不明なんです」

夫婦はよほど腹に据えかねていたのだろう。初対面の神島に、これまでの経緯を詳しく話した。

4

彰子と瑞帆は、以前交際のあった女占い師と会い情報を集めたあと、瑞帆の運転する乗用車で継子のマンションを訪ねた。

駐車場からマンションの入口までは二〇メートルほどの距離である。明かりの点いた玄関先がはっきり確認できた。

「まだ帰ってないようですね」

瑞帆が、助手席からフロントガラス越しに見上げて言う。

彰子は、車の中からちらっと五階にある継子の部屋を見上げて、電気が点いていないのを確認しながら、うなずいた。

付近は住宅街だからだろう。あまり人通りはない。都合のいいことに周りは暗くなっているから、外から車の中は見えなかった。

ときおり横を通りすぎてゆく乗用車のヘッドライトが、車内を眩しく照らし出す。

彰子はリクライニングシートを少し倒して、背中をもたせかけ、瑞帆と話した。

「邪心を捨てて神に仕えるか、ばかばかしい。所詮、人間は生きている限り、邪心や欲望は捨てきれるものではないのに、そう思わない？」

「本当に真面目というか、真剣で、純粋に信心しているのは末端の信者たちだけ。幹部連中はみんな欲のかたまりよ」

瑞帆は商売柄、クラブで酒の席とはいえ男を見ている。だから、人の持つ果てしない欲望を、いやというほど見てきた。それだけに、建前をつくろっている教団の幹部がなにを考えているのか、その本心が手に取るようにわかった。

「教団の中にいると、教団側の教えがすべて絶対だと信じてしまい、なにも見えなくなる。いや、信じさせられるように洗脳されてしまうのよ」

彰子は、ふと年夫のことを思い出した。自分たちの都合が悪くなれば、無慈悲に人の命も平気で奪う。全部とはいわないまでも、それがいまある多くの教団の実態なんだ
——と考えながら、悔しそうに唇を噛んだ。

「私たちのように神や仏を信じていない者が、外から冷静に新しく興した教団の実態を見つめてみると、いかに信者が騙されているかがよくわかりますね」

「末端信者には、神や教団、それに他人のために自我を捨ててつくすことが幸せに通じる道だなどと教えながら、一方で幹部たちは金と権力のためにだけ動いている。もちろん兄のこともあるけど、そんな欺瞞にみちみちた教団をどうしても許すわけにはいかないのよ」

「そうですね、『聖マリエス神霊教団』だって、信者を集め、神の名のもとにお金をかき集めている。これが現実なんですからね」

瑞帆が腹立たしい気持ちを抑えて言う。

そのせいだろう、いつも会社では笑顔を見せているのに、ニコリともしないで険しい表情をしていた。

その言葉に大きくうなずいた彰子がさらにきつい口調で話を続けた。

「幹部の新浜も、教務部長という地位にありながら陰では欲を剝き出しにしている」

「教団で上に立つ者ほど汚れきっているし、欲が深いのよ」

「お金は神をも迷わす、ですか」

「信者を教え導くのは人間。いくら立派なことを言っても、人間の欲がそうさせてしまうのよ」

彰子は考えれば考えるほど、腹立たしくて仕方がなかった。

「教団をぬけ出すのは、そんなに難しいんでしょうか。気持ちさえ割り切れば簡単なのに……」

瑞帆は性格が強いからだろう、苦しさから逃げさえしなければ、教団側のまやかしにふりまわされることはない、と考えていた。

「そうね、私には理解できないけど、信者ひとりひとりは死ぬほど悩んでいるんでしょうね。神の罰が下ると、それを本気になって信じているし、恐れているもの」

「でも、神の罰が下るどころか、逆に宗教と完全に縁を切れば、毎日仕事は愉しいし、充実しているのに。なんでも神に頼ろうとする姿勢を改めなきゃ、救われないわよ――」

「どこかの国で終末がくると信者を煽り、結局なにも起こらなかった。宗教とは所詮そんなまやかしでしかないわ。そんな言葉に踊らされ、操られるからいろいろなトラブルが起きるのよ」

彰子は信者の弱さも気になったが、それより信者を引きつけるために、次から次に脅しをかけてゆく教団のやり方がなんとしても許せなかった。

結局のところ信者集めの裏には教団のお金に対する執着があるからだ。まるでいまのお金に汚れた政界の姿と同じだ、と考えていた。

集めた情報によると、継子が占いに見切りをつけたのも、やはり金に貪欲な継子の性格と、金のトラブルが原因らしい。離婚したあとの生活は荒れていたと言う。たぶん気持ちがすさんでいたにちがいない。やはり独りになって淋しかったのかも――。

と考えた彰子は、同性としてなんとなく気持ちがわかるような気がした。

誰でも辛いときや精神的に落ち込んだとき、動揺しているときは、常識で考えられないような異常な行動をとることがある。

継子が酒に溺れ、宗教にのめり込んだのも、もとはと言えば淋しさが原因だろう。

(男性でも女性でもそうだが、いくら表向き性格が強いようにみえても、孤独になったときはもろい。きっと継子さんもやむにやまれぬ気持ちから信仰に頼ったに違いない。思い込みの激しい一途な性格だったらしいから――）

彰子は半分同情していた。

だがそれはそれ。過去のことはともかく、今は『聖マリエス神霊教団』の教主の娘聖香に認められ、おそばつきとして教団内である程度の力をつけている。

（おそらく当時の悩みはすっかり癒えているはず。もう気持ちは落ち着いているに違いない。だとすると――）

彰子はすぐに考え方を切り替えた。

人間の性格はそう簡単に変わるものでも、変えられるものでもない。悩みや苦しみから解放されると、おそらく生来の性格が出てくる。欲の強い人間はその欲を満足させるために、さらに欲を出す。もしかしたら継子は、悩みを抱えて宗教の道を選んだのではないのかもしれない。どの教団にもお金がうなっている。もし継子が、初めからそのお金が目当てだとしたら――。

継子がお金に強い執着心を持っていたとすれば、計画的に教団を利用しようとして近づいたとも考えられる。もともと占い師を職業にしていたから口はうまい。入信して幹部にとり入るくらい、なんでもないことだろう。

それから継子は『聖マリエス神霊教団』の教務部長の新浜と特別な関係にあるらし

い。生活費はたぶんそこから出ているのではないかと言っていたが——。

　彰子は話の内容を思い出しながら、強く疑っていた。

「……教主の娘聖香と、最高幹部の新浜教務部長にとり入っていれば、どっちに転んでも損はない。金と権力に貪欲なら、そのへんは当然計算に入れていると考えた方がいいでしょうね」

　瑞帆も継子の性格を分析していた。

「教主の娘と教団の最高幹部をてんびんにかけているとすれば、大した女性ね」

「今教団内には、権力争いがくすぶっているらしい。もし教主が死んで教団が分裂するようなことがあっても、計算高い女性なら、聖香につくか新浜につくか、自分に利益がある方をその時点で選ぶ段取りはすでに考えているはずよ」

「そうだとすると、ぬけ目がないわね……」

「やはり、なんとしてでも継子を落とさなければならない。打算的な女ならきっと金で落ちる。ただ……」

　彰子がきゅっと眉間を寄せた。

「ただ、なに？」

　瑞帆が大きな目を向けた。

「継子が新浜から生活上の面倒を見てもらっているとしたら、かなりのお金がかかるでしょうね」

「そうね……」

　彰子は同調してうなずく瑞帆をじっと見つめた。

（普通は、目の前に札束を積めば必ず興味を示すが、お金に困っていなければ、いくら金に貪欲だからといってもそう簡単に心を動かさないだろう。億単位のお金を積めば別だが――。いずれにしても証拠を握るのが先決。確かな証拠をつかんだら、あとは原田さんに任せればいい）

　そう考えながら、彰子は、フロントガラス越しに、目線をマンションの入口に向けた。その目を、前からきたタクシーのヘッドライトの光が強く射る。思わず腕を上げ、光線を遮った。

　スピードを落としたタクシーはマンションの前で停まった。

「帰ってきたようよ」

　瑞帆が言いながら顔を緊張させた。

　瑞帆の目がタクシーから降りた継子の姿を、はっきりとらえた。

　腕時計で時間を確認する。午後七時をわずかにまわったところだった。

（うん？　新浜と一緒じゃ……）

　彰子が走り去るタクシーから目線を外して、マンションの中へ入ってゆく継子の横顔を見つめた。

新浜はあとでくるのかしら、と思いながら瑞帆も、継子の後ろ姿を追った。

彰子は、一度継子と会っておく必要がある、いずれにしても隠しマイクを仕掛けさえすれば、はっきり二人の関係がわかる、と思い、じっと部屋の窓を見上げていた。

部屋の明かりが点いた。

カーテン越しに、継子の影がはっきり窓に映っていた。

彰子は助手席から体をひねって、後部座席に置いていた黒いショルダーバッグを手元に引き寄せた。中には、あらかじめ用意していた盗聴用の器材が入っていた。

バッグを開け、中からわずか二センチほどの小さな隠しマイクを手に取る。そのマイクを点検した彰子は、これでよし、というふうにうなずいた。

「これをできれば寝室のどこかに取り付けたいわね。瑞帆さん、私が彼女を引きつけておくから、その間にうまく仕掛けて」

「任せて、うまくやるわ」

瑞帆が目もとに薄く笑みを浮かべて、隠しマイクを受け取った。

盗聴器を備えつけたからといって、プライバシーの侵害にはなるが、取り締まる法律があるわけではない。ごく微弱な電波は取り締まれないのである。

ただ、無断で他人の家に侵入すれば建造物侵入の罪になるが、まともに本人を訪ねるのだから罪にはならない。ほかに取り締まれるといえば、器物損壊罪くらいのもの。これは申告罪、本人が告訴しなければ犯罪は成立しない。

だから堂々と正面から乗り込み、継子の目につかないところに隠しマイクをつけるだけでいい。あとの難しいことについては、法律に詳しい検事の多可子さんと神島さんがいる。そう考えて瑞帆は安心していた。

瑞帆が受け取ったマイクをバッグの中に収める。二人は互いに顔を見合わせ、うなずきあって車を降りた。

5

継子は疲れた体を休める暇もなかった。

だが、訪ねてきた彰子と瑞帆から教団の名を持ち出され、あからさまに断るわけにはいかなかった。

彰子と瑞帆はいちばん奥の部屋、八畳ほどの洋間に通された。

2LDKのマンションは、新築してまだ間もないのだろう。化粧品の匂いに似た女香に混じって、真新しい木と塗料の匂いが鼻を刺激する。

二人は勧められるままにテーブルを挟んで継子と対面し、ソファに腰をおろした。

(寝室は手前の部屋なのね——)

瑞帆は、トイレに近い部屋のドアを頭に想い浮かべた。

部屋の中をそれとなく観察した。

備えつけてある家具や豪華な絨毯、飾り物を見て、けっこう贅沢な暮らしをしているな、と感じた。

彰子も同じように思っていた。

これまで多くの信者の家を訪問したが、ほとんどの末端信者は思ったより質素な暮らしをしている。部屋の中に贅沢な物を飾るほどの余裕は持てないのが普通だ。

（教団に専従していれば、手当てはそう多くないはず。とてもこんな暮らしができるとと思えない。このマンションなら、おそらく家賃だけでも十七、八万はするだろう。やはり、新浜からかなりのお金が出ているに違いない――）

彰子はそう思いながら話しかけた。

「実は、折り入ってお願いしたいことがあるのですが」

「――なんでしょう……」

継子が表情をくもらせて聞き返した。

「率直にお話をさせていただきます。あなたが身につけた占いの技術と、宗教のノウハウを売っていただきたいと思いまして」

「え!? どういうことでしょう。おっしゃっている意味が私には理解できませんが……

……」

継子は驚いたような顔をして、まじまじと瑞帆と彰子を交互に見つめた。

「驚かれるのはごもっともです。詳しく申し上げますと、私の知り合いが宗教法人をつくろうとしているんですが、なかなか、教祖さまになっていただくような人物がいなくて困っています」

彰子は話しながら、じっと継子の反応をうかがっていた。

「そうですか……しかしそれが、私とどういう関係があるのでしょう」

初対面の者から突然、ふってわいたような話を持ち込まれたら誰でも戸惑う。だが継子はさすがだった。すぐ冷静になり、あくまでも丁寧に応対した。

（この女性、なかなか役者だわね。とぼけるのがうまいわ……）

瑞帆が、継子の顔色の変化と落ち着いた素振りを見て、思った。

だが、あえて冷静さを装っている様子がはっきり読み取れた。

「教祖さまになるからには、それだけの識見と、人の上に立つことができる人物といいますか、人を引きつける魅力、素養が備わっていなければなりません。その点、あなたなら、とそう思いまして、ぶしつけを承知のうえで、厚かましくお願いにあがったようなわけです」

彰子は調子のいい言葉を並べ立てて、気持ちをあおりたてた。

「せっかくのお誘いですが、私にはとても……それに、私はすでに占いからは手を引いていますし、今は『聖マリエス神霊教団』の一信者として、信仰の道へ入っていますので」

継子は考えながらやんわりと断った。

だが、強い関心を持っているのは目を見てわかった。

普通の熱心な信者なら、新しい宗派の異なる教団の教祖になってくれなどと言えば、怒るか、機嫌を悪くする。猛反発されて、そうそうに追い返されるだろう。

しかし継子は、いっこうに動じる様子は見せなかった。むしろ断りながらも、興味深そうに目をぎらぎらさせていた。

(こんな話を持ってきて、初めからすぐ、はいそうですかと承諾する者はいない。それにしても相当の女狐だわ)

彰子は本気で教祖に仕立てあげる気はなかった。いわば話のあやだが、もし継子が話に乗ってくれれば、そのときは本当に教祖にして宗教法人をつくればいい。億という金で買う相手はいくらでもいる。

彰子はそう思っていた。

現に瑞帆の話から『宇宙真心教』という教団をつくって、ラブホテルのオーナー景山に五億円で売る話をつけたばかり。教祖になる人材を集めるのも、宗教セールスという表の仕事なのだ。

「あのう……お話し中おそれいります、ちょっとおトイレをお借りしたいのですが」

黙って二人の話を聞いていた瑞帆が、継子の方に顔を向け、わざと腹を押さえるようにして話しかけた。

「どうぞ、ご案内します」

継子が立ち上がった。

「いえ、どうぞそのまま……」

瑞帆が言ったときは、すでに継子はソファを離れていた。

（ついてこられては困るのよ。マイクを仕掛けなければならないんだから――）

と思いながらも、初めて訪問した他人の家、瑞帆は断れなかった。

継子は、失礼しますと彰子に声をかけてから、先に立って部屋を出た。

そのあとからついて出た瑞帆に、

「こちらです、どうぞ。あ、電気のスイッチは上ですから」

と教え、すぐに彰子のところへ引き返した。

「すみません……」

瑞帆が頭を下げ、ノブに手をかけてドアを半分開けながら、部屋へ入る継子を確認した。

わざとトイレのドアを閉める音を立てた瑞帆は、急いでバッグの中から盗聴用のマイクを取り出した。

再び奥の部屋へちらっと目線を投げかけた瑞帆は、爪先立ち、足音をしのばせて、寝室と思われる部屋へ近づいた。

ノブに手をかけて、音がしないようにドアをそっと開けて中をのぞいた。

そこはやはり寝室だった。

独身の継子はダブルベッドを使っていた。部屋は六畳ほどの広さしかない。だからよけいに狭く感じられた。

(この広さなら、このマイクをどこへ仕掛けても十分声は盗れる)

と咄嗟に判断した瑞帆も、独身の女である。女性の部屋の独特な雰囲気や匂いは慣れているから、ごくあたりまえとして受け入れ、あまり気にならない。だが、部屋の中に残っている男の香りは敏感に感じ取った。

(やはり、男性が出入りしている)

と直感した瑞帆は、部屋の中にするりと体を滑り込ませると、なんの躊躇もなくベッドへ近づいた。す早く枕元のタナの裏に、テープで小型マイクを貼りつけた。ものの三十秒もかからなかった。

部屋を出た瑞帆は奥の部屋を気にしながら、また、音がしないようにトイレのドアを開けて水を流した。さも、用をたしたと思わせるためである。

部屋へ戻った瑞帆は、「どうも」と継子の後ろから言葉をかけ、軽く頭を下げて、「うまくいったわよ」というふうにちらっと彰子に目線を送った。

（今日のところはこの辺できりあげるとしましょう。初めて訪ねてきて長居は無用。新浜が来る前に引き揚げなければ――）

彰子はわかったというふうに目でうなずくと、継子ににこやかなつくり笑顔を向けた。

「松崎さん、ここですぐ返事を、とは申しません。一度、考えてみてはいただけないでしょうか」

「そういう話は迷惑です」

継子はきっぱりと断った。

だが、言葉の響きに強さはなかった。

「まあ、そう言わずに。信者は私どもで集めます。あなたは教団の顔として信者を指導していただくだけでいいんです」

「困ります」

「宗教家といわれる方は大勢います。しかし、教団を任せるとなると、帯に短し、たすきに長しで、なかなか……あなたのようにお美しくて、聡明な方が教祖さまとして君臨していただければ、信者は思うように集まります」

　彰子は、歯の浮くようなお世辞を臆面もなく並べたてた。

「私にはとてもそんな能力はありません。いくら言われましても、本当にそういうお話は……」

　継子はなかなか頭を縦にふらなかった。

　が、腹のうちではまんざらでもなかった。

（私が教祖か、それも悪くない。教団を自分のものにできれば、信者は思いどおりになる。けたはずれのお金も入る。しかし、こんなうまい話には気をつけなければ——）

　と警戒心も抱いていた。

　この二人が信用できる相手かどうか。話が本物かどうか見極めなければ、うかつに話には乗れない。継子は内心、そんな打算的なことを考えていた。

「松崎さん、今度は具体的な資料をお持ちして詳しい説明にあがりますので、どうぞよろしくお願い致します」

　彰子がそれだけ喋ると、継子の返事を待たずに立ち上がり、瑞帆と一緒に深々と頭を下げた。

6

原田は『泉霊の里』の教祖、和泉美里の弱点を探るため、まず金銭関係を洗おうと考えた。

そのためには、教団がどこの誰からどれだけの資金を借り入れしているか、そこから調べてみなければと思い、法務局へ行った。

土地登記簿の乙区を確認して、抵当権の設定があるかどうか、そこを調べてみる必要があった。

抵当権というのは、銀行から、あるいは町の金融機関などからどれだけの金を借りているか。つまり、教団の資産である土地や建物を担保にしてどの程度の金を借金しているか。銀行なり金融機関の融資額を記したものである。

不動産の登記簿は表題部と甲区、そして乙区からなっている。

表題部というのは、土地や建物がどこにあるか、どの物件が本人の物かという特定をするため地番や家屋番号などを記載した欄である。

また甲区は所有権欄で、誰の持ち物であるかを記載した箇所である。

乙区は所有権以外の権利をはっきりさせるための欄であるが、抵当権と似たものに、根抵当権設定という権利が登記されている。

この根抵当権というのは、金を借りようとする法人なり、個人の力関係によって、融資できる最高限度額を書き記したものである。

だから、根抵当権設定の金額は必ずしも金を借りようとする者が、乙区に記載されている金の全額を借りているわけではない。そこが抵当権と、根抵当権の違いである。

美里が教祖をしている『泉霊の里』は銀行の抵当権が設定されていた。だがそのあとに、記載されている内容を見た原田は、厳しい顔をした。

(これは……)

原田が見たのは見覚えのある名だった。

(佐々木の野郎、こんな教団にまで手を出していたのか——)

と思いながら、原田は佐々木克也《さ さ き かつや》という順位二番の抵当権設定権者の顔を、ふと思い浮かべていた。

極道をしていたとき、よく割引いた手形が不渡りになり、その債券取り立てを依頼してきていた男だったから、よく覚えていた。

(ヤツの狙いは教団にあるのかもしれない。金に貪欲、女に目のない佐々木がただで金を出すわけはない。教団は儲かる。それに美里は美人だし、いい肉体をしている。佐々木は、きっとそこへ目をつけたに違いない)

原田は勝手に結論づけた。

しかし、あの佐々木なら落としやすい。言うことをきかして、美里に対する情報を引き出すことはそう難しいことではない。

もし佐々木と美里が男と女の関係になっていればなおさらのこと。脅しをかけてやれば、気の小さい男だから簡単に喋るだろう。

原田はそう考えて、渋谷にある佐々木金融を訪ねた。

佐々木金融は、ドアの入口に金融の看板がかかげている、ビルの三階の一室を事務所にしていた。

従業員は若い女性が一人しかいない。だが、間口こそ小さいが十億、二十億の金を簡単に動かせるだけの力は持っていた。

事務所のなかへ入り、佐々木と向かい合って話していた原田は、受付に座っている若い女をちらっと見て、

（やはりこの女は佐々木の女に違いない。そうすると、『泉霊の里』の教祖の美里とは、男と女の特別な関係ではないのかもしれない……この佐々木が実質上のスポンサーでないとすると、融資に際して誰かが中に入っていることになるが……もしかしたら美里はただの雇われ教祖かもしれない）

原田は本人を目の前にして、じっと目線を突き付け、そんなことを考えていた。

佐々木は原田よりずっと歳が上だった。

でっぷり肥った男で、首回りの小さなカッターシャツにネクタイをだらしなく締めている。酒焼けした赤ら顔をしているが、原田が訪ねてきたとあって、椅子からはみ出している大きな体を縮こまらせていた。

「なあ佐々木さんよ、教えてくれや。もしかしたらおまえがあの女のスポンサーじゃねえのか」

原田が言って、鋭い目を突きつけた。

佐々木は右手を顔の前で横に振って、

「とんでもない」

「俺とおまえの仲じゃねえか。悪いようにはしねえから、本当のことを教えてくれや、な」

なれなれしく話しかける原田の言葉には、どこかすごみがあった。

気の短い原田の性格をよく知っていた佐々木は、逆らえなかった。

「……あの女にはただ……」

「ただなんだ、途中で話をやめるというのは、あまり体によくねえよな、苛々する。本当のところ、あの教祖の美里という女、おまえのスケじゃねえのか」

「めっそうもない。あの女にはちゃんと男がいるんですよ、原田さん」

「スポンサーがか」

「ええ、やはり宗教団体の幹部で……」

佐々木はそう言いかけて言葉を切った。

「ほう、宗教団体の幹部だとはおもしろい。どこの教団のなんというやつだ」

「原田さん、私が喋ったということは絶対に言わないで下さいよ」

佐々木は眉間を寄せて、言いにくそうな顔をしていた。

「心配するなって、俺がペラペラ喋ると思うか？　おまえが喋らなきゃ相手にわかりっこねえ。俺はのっぴきならない義理があって、そのスポンサーを探しているだけなんだ」

「それは、わかっていますが……」

「じれってえ男だな。そこまで口に出したなら喋ったも同じじゃねえか。いいぜ、どうしても俺に喋りたくねえというなら、あえて聞こうとは思わん。その代わり、どうなるかわかっているだろうな」

原田がじんわりと脅しをかけた。

「言いますよ。何も隠そうと思っていたわけじゃないんですから……」

「だったら、もったいぶらずに言うんだな。俺は気が長えほうじゃねえ、そのことはおまえが一番よく知ってるはずだ」

原田は言葉こそあまり荒立てなかった。が、佐々木にしてみれば、心臓を抉られるような脅し文句に聞こえていた。

「私が直接、教祖の和泉美里に金を貸したわけじゃないんです。あの美里のスポンサーは『聖マリエス神霊教団』の小平という幹部なんです」

「なんだと？　本当かそれは、うそじゃねえだろうな」

原田が教団の名前を聞いて、鋭く目を光らせた。

（『聖マリエス神霊教団』と言えば、いま内部がもめている例の教団じゃねえか。これは瓢箪から駒で、面白くなるかもしれん――）

原田はそう考えて、強い興味を持ちながら聞いた。

「なぜ、その教団の幹部が金を借りなきゃならないんだ。あの教団は俺も知っているが、最近力をつけてきているそうじゃねえか」

「この『泉霊の里』は、別に『センリ平和産業』という浄水器や空気清浄機を販売している組織を持っているのです。つまり、その会社にうちが金を都合してやっただけなんです」

「なるほど、で、いくら融資したんだ」

「ほんの一億ほどです」

「なるほど、ほんの一億か。おまえも大した男になったもんだ。しかしまあ、宗教法人の収益事業なら絶対に金の取りっぱぐれはねえ。信者はみな無報酬で働く。だから、利益があがっても、人件費などの経費が一切いらねえから、少々おまえから高い金を借りても十分支払いができるというわけだ。おまえも宗教法人に金を貸すとは、いいところに目をつけたもんだ」

「……税金対策もあるといってましたから、それで融資したようなわけです」

佐々木はなぜかびくびくしながら、一生懸命に喋った。

（相変わらず気が弱い奴だ。よくこれで高利貸しがつとまる）

原田はそう考えて腹の中で笑っていた。

宗教法人の収益事業といわれるものには三十三業種ある。物品販売、不動産販売、不動産の貸し付け、金銭貸しから始まり、出版、印刷、倉庫業、旅館、その他、浴場業から旅行業と、ほとんどの商売ができるようになっているのだ。

この収益事業の最大のメリットは税金である。

まず、宗教法人の土地や建物に対しては一切税金がかからない。一般企業が商売をすると、三七・五パーセントの税金がかかるのに対して、宗教法人がする収益事業には二七パーセントの税金しかかからない。

つまり、宗教活動の一環として事業をすれば、最初から一〇パーセント以上、税金面での特別優遇措置がとられているのだ。

「しかし、わからんな。『聖マリエス神霊教団』の幹部の小平が、なぜまったくべつの宗教法人のスポンサーになっているのか、その辺の事情はどうなんだ」

「いえ、私が直接会うのは、その小平という男じゃありません。その小平の使いといって来る、松崎継子という女なんです」

「松崎継子だと？——」

原田はまた眉間に皺を寄せて聞き返した。

継子といえば新浜の女、その女がなぜ……。

小平は、たとえ教祖が死んでも新浜がいるかぎり、聖香と結婚してもトップの座につくことはできない。

もし、教祖の娘聖香と新浜が組んでいたとすれば、いずれ教団を出て行くはめになるのは小平。その時の準備のために、継子と組んで新しい教団をつくっているのかもしれない。

原田はそんな疑いを持った。

しばらく口を噤んで考えていた原田は、また顔を上げて佐々木を鋭く下から睨み据えると、言葉を続けた。

「なあ佐々木よ、すまんが、その和泉美里と会う段取りをつけてくれねえか」

「本人とですか……」

「そうだ、別におまえのことを喋りゃしねえ。ただ本人と会って話を直接したいだけだ。俺の頼み、聞いてくれるな」

原田は強引だった。

美里と会って女にしてしまえばもっと詳しい事情が聞ける。そう考えていたのだ。

「しかし原田さん、どういう形で紹介すればいいんです……」

「そんなことは簡単じゃねえか、おまえが貸している金、この金は実は俺が用立てた、ということにしてだな。つまり、おまえの金銭的なスポンサーは俺だということにすれば、相手だって無下に断るわけにはいかんだろう。どうだ、名案だとは思わないか」

「はあ……」

「迷惑をかけるようなことはしねえから心配するな。今までに俺がおまえに頼みごとをしたことがあるか？　一度もねえだろうが。今度だけでいいんだ、な、佐々木さんよ」

原田の脅しに逆らえなかった佐々木は、渋々だったが、美里と会う段取りをつけることを承諾した。

7

「午後九時十三分、新浜、継子のマンションに入る——」

彰子は腕時計を見ながら、車の中でカセットテープのマイクに向かって喋った。

カシャ、カシャ、カシャ——。

運転席から瑞帆が、継子のマンションに入ってゆく新浜の姿をカメラに収めた。

玄関先の明かりに照らし出された新浜の横顔が、肉眼ではっきり見える。

フラッシュはたけなかった。瑞帆は電気の明かりだけで、はっきり新浜の姿が映るかどうか、心配していた。

「うまく撮れたかな？」

「腕を信じてるわよ」

彰子はうなずきながら、柔らかい笑みを口元に浮かべた。

「それより、やはりこっちの思った通り、新浜は姿を現したわね。でも、このマンションに入ったというだけではね……」

彰子は、これがホテルだったら、と思った。

ホテルへ新浜が継子と連れ立って入っていったのであれば、即、それが証拠写真となる。

しかし、新浜が一人でマンションの中に入っていっただけでは、継子の部屋に行くことは間違いないだろうが、確実に訪ねたという証にはならない。かと言って、今、露骨に姿を見せ顔を知られるのは、かえってまずいと考えていた。

（気にしない、気にしない。さっき瑞帆が寝室にマイクを仕掛けたじゃないか。すぐに二人の会話が聞こえてくる。時間の経過をみながら写真と声を突き合わせれば、新浜が

どんな行動を取り、継子とどんな話をしたかはっきりつかめる）
彰子はそう思いながら、携帯ラジオにつないだイヤホンにじっと耳を傾けていた。耳に神経を集中させ、イヤホンを通じて入ってくるかすかな音を聞きながら、居間のソファにも別なマイクを仕掛けてくればよかった、とそんな反省をちょっぴりしていた。

考えてみると、部屋に入るなり寝室へ直行ということはまずないだろう。若い恋人同士が、体の火照りを抑え切れず密会するのとは違う。

継子が激しく燃えたとしても、新浜はすでに五十の半ばをすぎている。若者のように会っていきなり寝室で継子を抱く、そんな激しさはもっていないはずだ。

なぜそんな簡単なことに気がまわらなかったのだろう、と思った。

教団内部でこれだけ醜い権力争いが起きているとすると、新浜はかなり神経質になっていると思われる。

たしかに、ベッドの中ということになれば油断もする。ほっとした気の弛みから、本音の部分でいろいろな話をするかもしれない。

しかし、これから先教団がどうなるか、分裂するかどうかの瀬戸際にあり、精神的な負担を抱えているときに、なりふり構わず継子の体を抱く、とも考えられない。

わざわざ継子のマンションに出向いてくるということは、場合が場合である。継子の体を抱くのが目的というより、これから先、どうやって小平を陥れるか、教主の娘、聖香をどうやって味方に引き入れ教団の実権を握っていくか、たぶん、そんな難しい話をするはずだ。

だとすれば、ベッドに入る前、居間にいるとき当然教団の話をするだろう。その話が聞き取れない。そのことを悔やんでいたのだ。

（うん？）

彰子の顔が緊張した。

ドアが開き、人の足音をはっきりマイクがとらえた。それも、明らかに一人ではない。続いて継子の声がはっきりとマイクを通じて入ってきた。

「聖香さまは、小平部長と結婚する意志はまったくないようだわね」

「本当にそうであればいいが……」

「あの人はあまりにも野心を表に出しすぎるのよ。聖香さまも小平部長が教団をまとめきれるとは思っていないようよ」

「しかしだな、もし二人が夫婦になったとすれば、たとえ聖香さまといえども自分の夫の肩を持つ。女としてそれが自然の感情だと思うが——」

「私の感触では、聖香さまが結婚するというようなことはまずないと思う。やはり聖香さまとしても、この教団を分裂させるということは望んでいないし、それに、あなたと小平部長の確執というか、互いに反目し合っていることは気が付いている。ただ口に出して言わないだけで、気に病んでおられるわ。はっきり感じ取れるの」

「そうか……」

イヤホンを通じて考え込むような新浜の様子が、彰子の耳にはっきり伝わってきた。

（やはり教団内の権力争いは本当だったんだ。しかし、ここで丸くおさまってもらっちゃ、こっちの仕事がやりにくい。新浜と小平が喧嘩すればするほど、仲たがいすればするほど、こちらとしても責めの材料が多くなる。人間の欲が正面からぶつかりあい、感情がエスカレートしてくればこっちの思うつぼなんだけど……）

彰子は二人の会話を聞きながら、教団内での激しい権力争いが、水面下でひそかに進行していることを感じ取っていた。

二人が寝室に入った。これから何が始まるか想像がつく。だが彰子はどうしても二人の神経が理解できなかった。

こんな時だというのに、男性は平気で女性を抱けるものだろうか。それに継子という女性も女性だ。神経が図太いというか、割り切っているというか、教主の病状が最悪なときだというのに、男との情事に溺れようとしている。

教主を信じ、教団のためだと言いながら聖香のそばに仕えていても、やはり私生活はまったく別なんだ。熱心な信者の顔、忠実な信者の顔をしていても、まったく心は別なところにある。

教団にも表と裏、建前と本音の顔があり、それを使い分けているように、新浜にしても、小平にしても、継子にしても、同じように二つの顔をうまく使い分けている。これが神の存在を説き、人に説教をして導いてゆく立場にある本当の姿なのだから、今の新興宗教、新々宗教などといわれる宗教もたかが知れている。

瑞帆はそんな冷たい考え方をし、蔑んでいた。

たしかに神を信じ、その神を敬い、教団のために宗教活動するのと、私的な生活はまったく別であることは理解できる。

男であれば女を、女であれば男を求めることが、決して宗教の教えに背くことではないだろう。それは人間として生きていくためのごく自然な衝動だろうし、いとなみだからだ。

しかし、普通の人間なら、教主が重い病で明日をも知れぬという時期であれば、教団の幹部として、いや一人の人間として、やはり肉体的な衝動は慎み、抑えるのが普通だ。

つまり、それだけ心から神を信じていないし、教主のことや教団のことを真剣に考えてはいない証拠だ。

彰子は人間としての常識に欠ける二人の行動に、なぜか反感に似た気持ちを抱いていた。

精神的な人の感情と肉体の高まり、火照りがまったく異質であることはよくわかっていたのだが、その点を考慮にいれ、割り切って考えたとしても、教団の幹部ともあろうものが、と考えるとどうしても人間としての常識を疑わざるをえなかった。

彰子がそんなことを考えている間も、寝室の状態がリアルに聞こえていた。

「……聖香さまが新しい教主様になることは間違いない。しかし今後のことを考えると、今のうちに小平をなんとかしなければならない。おそらくいろんな手を打ってくるだろうからな」

「そうね、彼が教団の乗っ取りを考えていることは確かよね。でも考えてみると、私たちも同じ穴のむじなだわ。現実にこんな話をしながら、小平部長を追放しようなんて話しているんだから」

「おいおい継子、人聞きの悪いことを言わないでくれよ。私は教団を創ったときから苦労してきたんだ。しかし、小平は違う。途中から入ってきて教団を牛耳ろうとしている。小平の野心が教団を分裂の危機にさらしている。あの男が、聖香さまを抱き込み、教団のトップになろう、そんな欲を出さなければ、今われわれが考えているような心配は一切しないで済んだはずだ」

「理屈はどうでもいいじゃないの。結果的に教団の中で誰が実権を握るか、問題はそこよ。その点であなたと小平部長がしのぎを削っているんじゃない。そうでしょう」

継子が歯に衣を着せずはっきり喋っている。

(なかなか気の強い女性だわね。もっと具体的に、教団の中で何が起こっているのか喋ってくれるとありがたいのに——)

彰子はそう思いながら、耳にはめこんだイヤホンを手で覆い、じっと息を凝らして話に聞き入っていた。

「継子、小平と特別な関係にならなくてよかったな。小平はやがて失脚する。時間の問題だ。女癖の悪さがいまに致命傷になる」

新浜は、いま自分が継子と密会していることを棚に上げて言っている。

(勝手なことを——)

と思いながら、彰子はさらに話に聞き入っていた。

「どういうことなの?」

継子の声がまた聞こえてきた。

「これは最後の切り札として使うつもりだが、小平は九州で死んだ田口佐世子を妊娠させていた。彼女を死に追いやったのも小平だ。そればかりじゃない、『泉霊の里』の教主和泉美里とも特別な仲になっている。異教の者と通じているなど、信者が知ったらどうなるか愉しみだ。私に逆らわなければ許してやろうと思っていたのだが——」

「でも、その点は、あまりつつかない方がいいわよ。小平のことですもの。例の弁護士の件を調べているかもしれないわ」

「シーッ……めったなことを言うものじゃない」

新浜が急に声を落とし、話を遮った。

二人の話を聞いていた彰子が思わず、

「やはり、兄と新浜、それに継子は直接関わっていたのか」

と呟いたその言葉を聞いて、瑞帆が問い返した。

「エッ？　どういうこと？」

「……はっきりしないけど、どうも、なにか兄の死について知ってるみたいなの」

彰子はそう言いながら、またイヤホンに聴き耳をたてた。

「でも、聖香さまも一人っきりになれば、やはり普通の女。そこが気になるのよ。あの小平のことだもの、権力を握ろうと思って聖香さまに近付き、肉体関係をもったことはたしかよ。私も女だからわかるんだけど、肉体を許すということは、相手の男性に心をある程度開いた証拠。でなければ女性は自分から肉体は提供しない。本当の遊びであれば別だけど……」

「そうだろうな、私の心配も実はそこにあるんだ。いつ何時、聖香さまの気が変わるかもしれない。小平に何もかも話してしまう恐れは十分にある」

「だからこそ、今のうちに小平部長をたたいておかなければいけないんじゃない、そうでしょう。聖香さまが完全に小平部長を男として信用し、すべてを任せるようになったらそれこそとりかえしがつかないわ。へたをすると、これまでの私たちの苦労なんていっぺんに消えてしまうわよ」

「そうだな……継子、これからも私の片腕として協力してくれ。私と君とで実質的な教団の実権を握るんだ。聖香さまは教団のシンボルとしていてもらえばそれでいい。そうすれば、君にはどんな贅沢なことでもしてあげることができる」

「嬉しいわ。ねえ、抱いて、早く……」

継子の甘い声が聞こえる。

マイクを通じて二人がベッドに倒れるきしみ音が、電波の乱れのように聞こえてきた。

8

ベッドに横たわっている継子の体は見事だった。白いなめらかな肌がしっとりと潤っている。ほんのりと赤みを帯びた女体は感情の昂りをはっきり現していた。

豊かな胸が大きく喘ぐ。

首から肩へ、ゆっくりと新浜の舌が這う。

肩の付け根が特に敏感に感じるのだろう。継子は思わず肩をすぼめ、反応した。燃えるように熱くなった唇から、かすかに心地良さそうな喘ぎが漏れる。

軽く目を閉じ、無意識のうちに眉根を寄せている。

甘くとろけるような高まりが火照った体を包み込む。

肌の上を這う舌先の感触がいつしか、ぞくぞくっと鳥肌立つようなくすぐったさを通りこし、快感に変わっていた。

新浜は女体から発散する体臭に酔っていた。

それはほんのりとした薄いバラの香りのような、いい匂いだった。

長年女を断ってきた新浜は、継子の肉体に没頭していた。

心の底から身も心も投げ出してくれている、と思うと、たまらなく愛しく思え、夢中になっていたのだ。

（この歳になって肉欲にこれほど溺れるとは……でもこれで、教団がどっちの勢力に転んでも私は大丈夫。もしこの男が私を裏切るようなことがあったらすべてをあからさまにすると脅せばいい。もっとも、私を裏切ることはないだろうけど……）

継子は肉体に絶対の自信を持っていた。それだけに、相手が誰であろうと男に抱かれると敏感に反応する。体が淫行の味を覚えてしまっていたのだ。

こうして新浜の愛撫を受けているだけで、不思議なほど体が燃えてくる。

乳房から、乳首のまわりを這う舌の感触。固く立ち上がった乳首を指にはさみ、優しく揉むようにして愛撫してくれる手の動き。

そして、触れる肌の温もりが継子の気持ちを和らげ、一層、胸の中に不思議な感情の高まりを覚えさせてくれるのだった。

乳房を愛撫していた新浜の指が体の側面を這い、股間に伸びる。

わずかに触れる指先の感じが、より女体を興奮させる。継子の気持ちに、恥ずかしい、という感覚はなかった。

なめらかな柔らかい腹部が感情の高まりにつれて大きく波打っている。

ときどき襲ってくる強烈な刺激が腹部の筋肉を痙攣させる。その都度、小さな喘ぎが次第に大きな喘ぎに移行していた。

指が骨盤の上から両脚の中心に向けてそっと移動する。

「ああ……」

継子の脳裡に、いま触られている、という嬉しさが駆けぬけた。

すでに股間はべとべとになるほど愛液に濡れていた。

感情の高まりが体温を上げているのだろう。しっとりと潤った股間の温もりが、新浜の指先から伝わってくる。

女淫の窪みから流れ出た愛液が、アヌスのまわりから腰のあたりまで濡らしている。

その量が継子の気持ちをはっきりと表していた。

（幸せを求めて神になんかに頼るより、私はこうして現実の幸せをいっぱい感じたい……」

そう思っていた継子は、人の幸せなんて神から与えられるものではない、と実感していた。

（私たちは生きている人間だもの。実際に心と体で感じる幸せ、気持ちの安らぎ、相手を思う気持ち、それさえあれば本当の幸せはつかめる。神に祈り、神に頼って幸せを与えてもらおう。そんな消極的なことで幸せなどつかめるはずはない。神が平等に心も体も幸せを与えてくれるというなら、この世に不幸になる人間など一人もいないはず。皆が幸せを感じていなければならない。でも、実際とは大きな隔たりがある。所詮、神の存在というのは、信じている人たちにとって多少心の支えにはなっても、人間として、一人の女性として、最高の幸せを与えてくれるものではない）

継子は言葉の上で与えられる幸せより、今こうして抱かれ身を任せながら、現実に受け止められる幸せな感じに心から満足していた。

実際、幸せを感じるのに理屈などいらない。どんなに小さな幸せであっても、それを心から幸せだと感じることができたらそれこそ最高の幸せ。そう思いながら股間に強い刺激を感じた継子は、自然に腰をくねらせていた。

新浜は、女淫の窪みから溢れ出る愛液に濡れた指先を、割れ目に沿ってゆっくり撫でるようにして優しく愛撫した。

神経の過敏になったクリトリスはすでに固く、赤く充血していた。

「継子、あの猫の死骸、誰が持ち込んだか、本当に気付かなかったのか」

新浜が耳元で優しく囁きかけた。

熱い息を吐きながら、燃えかかっていた継子は、

(こんなときに猫の死骸のことを持ち出すなんて、野暮な男——)

継子のせっかく高まりかけていた気持ちがいっぺんに冷めた。

太腿に触れる新浜の淫棒がすでに固く、たくましくなっていた。本能が頭の中で男を欲しいと囁きかけている。しかし、それ以上求めることもできなかった。

「……わからない。小平部長かもしれないと思っているんだけど……」

「なぜそう思う」

「だって、この前も言ったけど、聖香さまに恐怖を与えれば、誰かに頼りたくなるから結婚を承諾するかもしれないじゃないの」

「やはりそうか……ありがとう継子、君が心の支えになってくれているから何もかもうまくいく。これからずっと僕のそばにいてくれ」

「ええ……」

教団の仕事は、すんなりといくことばかりではない。これから先、いろいろな障害が出てくるだろう。しかし、もし私が教団を出るようなことになっても、すでに手は打ってある。もう後戻りはできない。

新浜は、継子の体を抱きながら先々のことを考えていた。

第四章　暴かれた真相

1

深夜というよりもう明け方近くだった。多可子は自分のベッドで神島に抱かれ、いやなことは何もかも忘れていた。

すでに二人が、特別な深い仲になっていることは、もちろん婚約者の妹だった彰子も承知のうえだったし、一緒に仕事をしている仲間の幹部たちも、皆知っていた。

（あの時この人と出会わなかったら、私はもうとっくに検事はやめていただろうな。何もかも諦めて社会の裏で生きようと決心し、生き方も環境も変えたこんな私が、この人のおかげでまた一人の女としての幸せを取り戻すことができた。でも、そのためにこんな裏の世界へ引きずりこんでしまったのに、この人は何もかも承知のうえで協力してくれた。私は結婚できなくていい、ずっとこの人の傍らにいて愛されるだけで十分幸せ

――)

多可子は、殺された年夫に済まないと思う一方で、神島の逞しい男棒を体の中に感じながら、女であることの幸せを全身で受け止めていた。

こうして抱かれていると、裏の仕事も自分が検事であることなども考えずにいられる。ごく普通の女に戻ることができる。多可子はそこに幸せを感じていたのだった。初めのうちは互いに心の傷を舐めあうように、どちらからともなく惹かれ自然に求め合った。

そこには人として、女としての淋しさをまぎらわせたい、という気持ちがあったことも否定はしない。しかし今は違う。特殊な環境の中にあって互いに心と体が溶け合うほど、愛しあうまでになっていた。

それは神島も同じだった。

妻子を亡くしたという辛さ、寂しさから多可子を受け入れたという側面は確かに心のどこかにあった。が、それがいつしか何のわだかまりもなく、一人の女として多可子を受け入れていたのだ。

「ああ……強く抱いて。嬉しい……」

昂る感情の中で、あなたが私の中に入っている。心も体も、全てが一つになっているのね、と思いながら譫言のように喋り続ける多可子の熱くなった股間の秘部から、止めどもなく愛液が流れ出ている。

充血した淫らな窪みに分け入る肉棒の強い刺激に、思考がまったく無くなるほど心地いい快感を、女体の性が大きな喜びとして感じていた。

「多可子……」

神島が、下半身を激しく動かしながら、多可子の豊かで大きく盛り上がった、柔らかい乳房を押し潰すほど、両腕の中に強く抱き締めた。

「私はあなたのものよ。だから、だから離さないで……ああ、いいわ、体が溶けそう。頭がおかしくなる。いきそう、あ、あ、いや——!」

眉根を寄せて絶叫した多可子の体が弓形になる。下半身をベッドから持ちあげ、腰を激しく痙攣させながら、神島の肉棒を体の中に深く深く、迎え入れた。

電話のベルが鳴ったのは、多可子が果て、神島がたまらず精液を秘陰の中に勢いよく吹き出したのと、ほぼ同時だった。

そこは多可子の部屋。電話に神島が出るわけにはいかない。とろけそうなけだるさを全身に感じながら、ぼんやりしている頭をどうにか覚醒させ、やっと呼吸を整えて受話器をとり、電話に出た。

電話の相手は彰子だった。

「ああ、彰子さん……どうしたの、何かあったの?」

多可子は暗がりの中で、荒い息を抑えて聞いた。

――検事、ほんとうにこんな時間に申し訳ありません。実は、うちへ相談にきた山本恭子さんが殺されたものですから。

耳に飛び込んできた彰子の強張った声が、ぼんやりしてまだはっきりしていない脳裡に、強烈な刺激を与えた。

「えっ⁉　あの山本恭子さんが殺されたですって？……」

スタンドの明かりを点けた多可子は、思わず受話器を握りしめ、頭を振って枕元の目覚まし時計に目を移した。

午前二時半をまわったところ。一瞬耳を疑った多可子はまだ半信半疑だった。

多可子の口をついて出る言葉に体を抱いていた神島が、鋭い目を光らせた。

――轢死だそうです。たった今、母親から連絡がありました。検死が終わったばかりだそうですが――。

「轢死？　電車に飛び込んだ、というのですか」

多可子の頭がいっぺんに覚醒した。たった今、神島に抱かれていた甘い余韻など、いっぺんに吹き飛んだ。一瞬、女の顔から検事の顔に戻っていた。

――いえ、自殺ではなさそうです。

「――というと？」

多可子が表情を険しくして聞き返した。

——詳しいことは解剖の結果を待たなければならないそうですが、殺害されたあと遺体を軌道敷内に放置したのではないか、と思われるふしがあるそうです。

「殺しですか……で、場所は？」

——八王子です。それも遺体の発見現場は人目につきにくい暗がりです。どうも場所が気になるんですが、検事。

「八王子といえば、宗教法人『泉霊の里』の本部があるところじゃないですか」

多可子が裸の体を起こし、ベッドの上に座り直した。

すでに神島もはっきり目を醒ましていた。横になったまま神経を集中させて、二人の会話を黙って聞いていた。

——そうなんです。『泉霊の里』の近くですし、なにか裏があるように思えるのですが——。

彰子が考え考えながら喋っている。

多可子はその彰子の報告に、いちいち受話器の前でうなずき、同じことを考えながら神島に厳しい視線を投げかけた。

神島も下から真剣な眼差しを向けている。話の内容から事態をはっきり感じとっていた。

多可子は話しながら、彰子と瑞帆が盗聴し録音してきた新浜と継子の会話を思い出していた。

小平は田口佐世子を妊娠させていた。たぶん自分の出世の妨げになると考えて一家心中に追い込んだのだろうが、『泉霊の里』の教祖、和泉美里とも男と女の深い仲になっている。

もし山本恭子が、なんらかの方法によってそうした事実に気がついていたとすれば、教団を牛耳ろうとしている小平にとっては、喉元にナイフを突きつけられているようなもの。もしその事実が表沙汰になれば、教主の娘聖香との結婚ができないばかりか、教団内での地位を失い、間違いなく失脚するだろう。とすると、小平が山本恭子を殺す動機は出てくるが——。

そうか、そう言えば猫の死骸も……。

幹部の小平なら聖香の部屋へ入ることは可能だ。継子が喋っていたとおり、聖香を怖がらせ、気持ちを引きつけるためにやったと考えれば筋が通る。しかし……。

と考えながら、多可子はさらに彰子の話を聞いた。

——検事、山本恭子さんが殺されたとなりますと、おそらく教団となんらかの関わりがあると見て間違いありませんね。

「ええ……」

——詳しいことはわかりませんが、遺体に暴行を受けた形跡はなかったそうです。それより、私が気になるのは、恭子さんの両親が『聖マリエス神霊教団』に娘を返せと怒鳴り込んでいたことです。

「私もいまそのことを考えていたの。『聖マリエス神霊教団』の小平と『泉霊の里』の教主、和泉美里が特別な関係にあれば、当然、権力争いをしている新浜や松崎継子はその事実を知っているはずよね」

——つまり、新浜と継子が山本恭子を殺害して、その罪を小平や美里にかぶせるために、わざわざ遺体を八王子まで持っていって轢死に見せかけた。そういうことですか。

「その可能性は否定できないでしょう。教主の戸田が死んだあと、新浜が実権を握ろうとすれば、小平の存在はおもしろくないはずよね。もっとも強く失脚を狙っている一人だからね。もし私が小平の立場だったら、殺害したあと遺体を遺棄する場合、できるだけ自分と関係のある場所から遠くへ運ぼうとするわ」

——なるほど、犯罪者の心理ですか……。

彰子が電話の向こうで言葉を濁した。

世田谷にある『聖マリエス神霊教団』の中に住んでいる新浜からすると『泉霊の里』のある八王子は遠くになる。しかも教団を疑っていた山本恭子の両親の目を小平と直接関わりのある『泉霊の里』に向けさせ、小平に罪をなすりつけ失脚を考えていたとしたら、新浜にも十分な殺害の動機が出てくる、と多可子は思っていた。

「わかりました。それじゃあとは私と神島刑事で事情を調べます。ゆっくり休んで下さい」

と言って電話を切った多可子は、婚約者だった年夫を殺し『聖マリエス神霊教団』に逃げ込んだあとすぐ自殺したという犯人の男への疑問と、恭子が殺されたことを関連づけて考えた。

やはり、なにか裏の事情がある。それさえつかめれば私刑によって悪を断罪できるのだが――。

多可子は、激しい怒りと憎悪の気持ちを内心燃え立たせていた。

2

大分空港から別府湾沿いを、ぐるっとまくようにして国道10号線が走っている。

風が穏やかなせいもあるのだろう、陽射しを受けたさざなみが、キラキラと輝いていた。

開けた窓から潮風が吹き込んでくる。

(これが磯の香りだ――)

と感じた布施は、都会の汚れた空気と違って、吸い込む空気がうまいと思った。

タクシーの運転手なら、どこからか事件のことを耳にしているだろう、と考え、ホテルを出て田口佐世子の両親が自殺した現場を確認しようと思い、タクシーを走らせていたのだ。

「最近、親娘が車にガソリンをかけて自殺した事件があったらしいですね。ご存じですか」

布施は年配の運転手に話しかけた。

「ああ、あの事件ですか。可哀相なことを……お客さんは東京の方ですね。自殺した人と知り合いなんですか？」

運転手が話しながら、逆に強い興味を示した。

「いえ、新聞で読んだものですから。しかし、親が娘を殺して自殺するとは普通じゃない。なにか、よほどの事情があったんでしょうね」

「なんでも、娘が財産を全部食い潰したそうですよ」

「娘さんが財産を……しかしまた、なぜそんなことに？」

「お客さん、なにか宗教を信じてますか」

運転手は布施の問いには答えないで、別の質問をした。

「え？ いいえ、私はまったくの無宗教、無信心ですが……」

布施は間を置かないで答えた。

思想と宗教の話は、むやみやたらにできない。まったく自分と異なる思想や宗教観を持った相手だったら、気分を害する。それどころか、悪くすると喧嘩にもなりかねない。

客商売をしているとなおさらである。運転手はそこのところを警戒している、布施はそう思った。

「人間、宗教に凝ると、わけがわからなくなるんですね」

「そのようですね──しかし、それと財産を潰したこととなにか関係があるのですか?」

「こう言っちゃなんですが、宗教も地に落ちたものです。考えてみると正常な人間の意識を狂わせ、実の親を親とは思わないまでに洗脳するのですから、恐ろしいことです。殺された娘は親の家も土地も売って、全部宗教につぎ込んだらしいですよ」

「そうですか、そんなことが……じゃあ、両親はずいぶん思い詰めていたんでしょうね……」

布施は同調するようにうなずいて、暗い表情をした。

「お客さん、これは噂ですがね。親や親戚に迷惑をかけただけならまだしも、いろんなローン会社から金を借りた挙げ句、なんでも親友を連帯保証人にさせて破産に追い込んだらしいですよ。たぶん、それで両親が思い余ってあんなことを。まったく気の毒としか言いようがありません」

運転手は、退屈しのぎによく話した。

布施の読み通りだった。

事前の調査では、別府はたかだか人口十三万人そこそこの地方都市である。地図の縮尺から見当をつけて判断しても、市内を通過するのに三十分はかからない狭い街である。

親が娘を殺して車に火を放ち、自殺するということになれば大事件である。すぐに噂は広がる。

「運転手さん、その自殺した人とは知り合いですか?」

布施がさらに聞いた。

「いえ、直接知っているわけではありませんが」

「そうですか……」

「お客さん、もしかしたら東京の刑事さんですか」

運転手がいぶかしげに、ルームミラーをのぞきながら聞いた。

「なぜです? 私が刑事に見えますか?」

布施が笑い顔をつくりながら言う。

「いえ、普通のお客さんだったら、自殺現場など気持ち悪がって見ないだろうし、興味

「……」

「弁護士が殺された事件だ。てめえの教団に犯人が逃げ込んで自殺した事件だよ。幹部のてめえが覚えてねえはずはねえだろうが」

「……」

「犯人を殺したのは誰だ」

原田がダミ声を押さえて厳しく聞いた。

「殺したなんて……あれは自殺です……」

継子は睨みすえられて戸惑った。

「もう一度聞く、誰が殺した、え」

「ほ、ほんとに自殺です。医者の和久津先生にも診ていただいたし、警察も調べた。変なことを言わないで下さい！」

継子が怯えながらも眉根を寄せて、精いっぱい虚勢を張って反発した。

「こら、俺を舐めるんじゃねえぜ。てめえ、医者に口止め料を払っただろうが」

「……」

「またダンマリか。いいだろう、口で喋れなきゃ、てめえの肉体に喋ってもらおうじゃねえか」

原田がこめかみをぐぐっと動かしながら立ち上がった。

継子が、なにをされるのかと思ったのだろう、おどおどしている。そんな継子を冷ややかに見つめた瑞帆は、まったく止めようとしなかった。

傍にずかずかっと近寄った原田は、いきなり継子の胸ぐらをわしづかみにして、ソファの上に押し倒した。

「な、なにを……タ、タスケテ、ググ……」

叫ぼうとした継子の首を原田が両手でつかみ、絞め上げた。

「殺されてえか、首をへし折るぞ」

「ねえ継子さん、早く本当のことを喋った方がいいわよ。この人、あまり気が長くないの。本当に首を折られても知らないから」

瑞帆がかさにきて脅す。

「や、やめて……」

「つべこべ言わずに弁護士を殺したのが誰か、言うんだ！」

「あの弁護士が……。新浜部長が教団のお金を使い込んでいたことに気づいた。だから……」

「自分の罪が発覚するのを恐れた新浜が、犯人をつかって殺させたのか」

「そ、そうです……」

継子が苦しみもがきながら、顔を歪めて喋った。

7

翌日の午後六時――。

多可子と神島は、勤務が終わってから『東京総合心理研究所』に出向いた。原田と瑞帆が顔を出したのは、すぐそのあとだった。

「検事、彰子さんは？」

瑞帆が部屋の中を見回して聞いた。

「今朝から『泉霊の里』の研修所に潜入して調べている」

原田が納得したようにうなずく。

無口な神島の顔をちらっと見つめた瑞帆が心配そうに言う。

「ひとりで大丈夫でしょうか。もしなにかあったら……特殊な場所ですし、お兄さんの例もありますから……」

「彼女のことだから心配ないでしょう。それより神島さん、山本恭子の両親の方はどうでした？」

多可子が気にして聞いた。

「かなり教団を恨んでいますね。犯人に対して強く断罪を求めています――」

神島は、山本夫婦の心境と、今の考え方をくまなく報告した。

その報告を聞き終えた多可子が考えながらうなずいて、

「やはりそうでしたか……で、原田さんの方はどうでした？」

「佐々木という金貸しと教祖の美里を締めあげて聞いたんですが、あの『泉霊の里』という教団は、かなりあくどい金の集め方をしているようです」

「と言うと？」

「金や銀でつくった聖書や宗教グッズを売らせているばかりか、『センリ平和産業』という別会社の従業員として働かせている。ところが、給料は名目上出していることになっているが、その実——」

「教団が全部、取り込んでいるというわけなのね」

「実際、信者にはぎりぎり生活ができるくらいの給料しか与えていない。なによりも許せないのは、給料を払ったように見せかけているだけで、ほとんど寄付という形で吸い上げているんです」

「それじゃ、信者をタダで使っているのと同じじゃないの。うまく人を使うと言えば聞こえはいいけど、まるで暴力団と同じじゃないの、ねえ……あら、ごめんなさい。べつに原田さんのことじゃないのですからね」

瑞帆が喋りながら原田が暴力団の人間だったことを思い出し、バツが悪そうに言い訳した。

「わかってるよ。気にするな、いまの宗教団体のあくどさは極道以上だからな」

原田はまったく気にせず、多可子の方を向いて話を続けた。

「『泉霊の里』のオーナーは『聖マリエス神霊教団』の小平に間違いないですね」

「これで、二つの教団が裏でつながっているのは確かよね。新浜自身も別教団『宇宙真心教』を手に入れようとしている。どっちもどっちだわね」

瑞帆は、ほとほと教団の汚さにあきれていた。

（教団で吸い上げたお金はすべて小平が懐に入れているのかしら……）

と考え、何かが胸につかえてすっきりしなかった。

既存の教団で収益事業を営み、いろんな会社を設立して金儲けをしている教団は多い。

布教活動の一環として物品販売を信者にさせ、そのあがりを全部吸収する。

信者には、実績を上げれば上げるほど大きな幸せが神から与えられると洗脳し、タダで働かせる。無信心な者から見ると馬鹿馬鹿しいことだが、信者は本当に神のために尽くせば、その見返りとして幸せが与えられると考えているし、信じている。

ただ、そうした信者と、なかば脅されて高額な品物を買わされた者との間に、万に一つでもトラブルがあれば『聖マリエス神霊教団』の名が出る。その名を出さないためにおそらく『泉霊の里』という別教団を作り、さらに『センリ平和産業』という企業を作って、直接親教団に非難の矛先が向けられないように工作したのではないだろうか。

多可子はそんなふうに考えていたのだ。

「検事、小平が教団の乗っ取りを考えていることは事実です。つまり、万一のことを考えて、立場を利用して信者を移し、完全に自己の支配下に置こうとしているんじゃないでしょうか」

瑞帆が話した。

「そういうこともたしかに否定はできないわね」

多可子は瑞帆の言葉にうなずきながら、それでもまだ納得しなかった。

「小平は『泉霊の里』と『センリ平和産業』の運営を独り占めにしようとしていたのかしら……」

「そうね……。せっかくお金集めのシステムを作っておいて、それをわざわざ放り出すことはないし。要するに教団の実権を握れば、お金は右から左に思うようになるんだもの。多分、狙いはそこにあるのじゃない」

「しかし、そうすると教主の娘聖香は本当の飾りものということになるが……」

黙って話を聞いていた神島が、首を傾げながら考え込んだ。

「教団内部というのは、得てしてそういうものじゃないかしら。中心になる飾りものの教主がいて、その教主は教団の運営には一切口を挟まない。その代わり、教団の幹部がすべての運営を取り仕切る。教団にも二つのタイプがあると思うの。絶対的な力を持った教主、つまりワンマン的なカリスマ性のある教主が自ら教団を興す形と、『泉霊の里』に見られるように、雇われて金で教祖になる形があるけど、たぶん『聖マリエス神霊教団』では、娘の聖香があとを継ぐということになれば、それは飾りものの教主になってしまう。なぜなら、今の教主ほど聖香自身にカリスマ性がないはずだもの」

瑞帆の話に、原田がそうだ、そのとおりだと言うふうに大きくうなずき、

「検事、その辺の事情はもう一度私が継子に会ってはっきりさせます。新浜と教団の話をわれわれに聞かれ、証拠を握られたとなると自分の保身を考えるでしょう」

「それじゃあ、そちらの方はすべて任せます」

「わかりました。さっそく今晩にでも」

「それから検事、『センリ平和産業』の銀行口座を調べてみたら、すごい金が動いていますね。一回に振り込まれる金額は十万、百万とまちまちだが、銀行の話では、年間、十億以上はあるだろうということです。しかも銀行に残している金は、大体振り込まれた金のうちの三分の一、あとの三分の二は引き出しています」

神島が、銀行から手に入れてきた預金取り引きの分厚い明細コピーを多可子の前に差し出した。

そのコピーをパラパラッとめくって見ていた多可子は目をみはった。

ほとんどの銀行を使っている。計算してみなければなんともいえないが、おそらく残高だけでも百億や二百億はある。それが三分の一の金額であれば、実質上、年間に入る金は五、六百億ということになる。

十二万の信者を持つ教団にしてはかなりの額だわ。

宗教にはこうしたお金のうまみがあるし、この集めたお金は一切信者にはわからない。貪欲にお金を貯え、さらに信者からお金を集めさせる。そして教団の力を次第に大きく脹らませてゆく。教団の実態とはこういうものだ。

だから遠慮なく教団からお金を出させればいい、教団の信用に関わること、傷つくような話を持っていけばすべてお金で解決しようとして、いくらでも出す。しかしそれだけならともかく、人の命までもてあそぶとは――。

多可子はそんなことを考えながら、すでに断罪する相手を絞り込んでいた。

第五章　闇の断罪

1

布施が調査を終えて戻ってきたのは三日後の夕方、午後三時ごろだった。その時間に合わせるように、宗教法人『泉霊の里』の研修所に潜り込んでいた彰子も引き揚げてきていた。

検察庁と警察は、共に事件を捜査するところだけに規則でがんじがらめに縛られている。だが、けっこう自由がきく。現職の検事多可子も、私服刑事の神島も、事件の聞き込み捜査という理由で外出し、『東京総合心理研究所』のオフィスへ足を運んでいたのだ。

すでに瑞帆も原田も顔を出している。多可子を中心に六人の幹部が久し振りに全員揃った。

「検事、この手紙を見ますと、山本恭子は殺された佐世子の連帯保証人になって相当困っていたようです。それに親戚の者や銀行、不動産業者を調べてみますと、娘のためにかなりの額を借金して『センリ平和産業』に送金しています」

布施が険しい表情をして報告した。

「なるほどねえ、そのお金がいったん宗教法人『泉霊の里』に流れていたというわけですか……しかし、雇われ教祖の和泉美里は、そのお金を自由にできる権限はない。となると……」

「あの研修所には信者から集めた莫大なお金が運び込まれているわよ。聖堂の地下に金庫室があって、そこにお金がうなってた。これは私の推測だけど、恭子さんが殺された原因は、たぶんそんなところにあったんじゃないかしら」

「つまり、裏金の秘密をかぎつけられた。だから口を塞いだというわけね」

彰子の話を聞いて、なるほど、というふうにうなずき、瑞帆が美しい顔をくもらせた。

宗教団体には想像もつかないほどの金が集まってくる。しかも、その団体が宗教法人にさえしていれば、寄付金なら百億でも二百億でも、どんなに多額の金が集まっても税務署に申告する義務はないのだ。

「今、『聖マリエス神霊教団』は、教主の病気がもとで権力争いが起きている。たぶん、小平はその裏金というか、隠し金をその権力争いに使うつもりか、あるいは、万が一権力が取れなかったときのことを考えて、ひそかにお金を貯えていたかのどちらかだわね」

彰子が、地下室に備えられていた大金庫に、ぎっしり詰め込まれていた札束の山を思い浮かべながら言った。

（そうだとすると、われわれが考えているより、教団内部の権力争いは激しいと考えるべきだな。もっとも、その方がこっちにとっては都合がいい。それだけ隠し金があるということは、教団そのものがかなり悪辣《あくらつ》な手口を使って金を集めているという裏付けになる――）

神島は話を聞きながら強い憤りを覚えていた。

世の中には気が強い人間ばかりがいるわけではない。むしろ、抱えた悩みを自ら解決できないで苦しんでいる者の方が多い。そんな人間が宗教に逃げ場を求め、神に頼ろうとする。

気が弱いと言ってしまえばそれまでだが、その純粋な信仰心を逆手にとって、いまの教団、いや教団の幹部は自分の欲のために利用している。

神を絶対的なものと位置づけ、信者を洗脳し金をむしり取る。教団を実際にとり仕切り、運営しているのは神でも仏でもない。権力を握っている生身の人間である。神島は、神の名を使い、平気な顔をして多くの信者を騙し続けている一部の幹部に激しい攻撃の矛先を向けていたのだ。

「検事、田口佐世子の叔父にあたる西尾さんという方も、できることなら自分の手で教団を潰してやりたい。教主も、幹部も全員殺してやりたい。もし殺し屋を雇うことが許されるなら親娘を死に追いやった教団の人間を全員処刑してもらうのだが、とそれほど激怒していました」

布施も、よほど腹に据えかねていたのだろう、いつになく語気を強め、荒立てていた。

何万、何十万とある教団の中から、たった一つの教団を選ぶのも信者の自由意思。神を信じて宗教に没頭してゆくのも個人の勝手である。

宗教に、あるいは教団のやり方に疑問を抱き、現に悩みをかかえている信者が教団をぬけようと思えば、気持ちのもち方ひとつ、考え方ひとつで簡単にぬけられるだろう。

しかし、教団が信者を洗脳するのは、そうした信者をぬけさせないようにするためで、もある。なぜなら、信者を多く抱えれば抱えるほど金になる。だから神の罰という名のもとに平気で脅しをつかう。布施は、そんな汚い教団のやり方、幹部の考え方が我慢ならなかったのだった。

布施の話を聞きながら何度も小さくうなずいていた多可子の表情が、ますます険しくなってきた。

山本恭子の両親も、田口佐世子の親戚の者も私刑を望んでいる。それに、殺害したという物的証拠がなに一つない現状では、ただ状況証拠だけで起訴しても事実を否認される。警察や検察の拷問によって自白したと言われれば、おそらく有罪は勝ち取れないだろう。

かといって、このままいつまでも証拠固めに時間をかければかけるだけ、もっともっと犠牲者は増える。そろそろこのあたりで結論を出さなければ、と多可子は考えていたのだ。

「宗教のうま味を知った者が、よってたかって信者を陥れる。宗教も神も地に堕《お》ちたものだ」

原田が胸の中に溜まった憤りを吐き捨てるように言う。

「そうよね、なにもかもがお金。神様もお金で動くようになっては終わりよね」

と同調して言う彰子も、どっぷり金につかった教団の現状を蔑みながら、

（いくら宗教は心だと説いても、途方もないお金が目の前で動くのを見せつけられたら、欲を出し、心を奪われるのは当たり前。教団を憎んでいる私でさえ、絶対に欲を出さないとは言いきれないもの。でも、人間なんて所詮強そうにしているだけで本質は弱い。だから欲に目がくらみ、平気で悪いことをするのよ——）

彰子が、女性だけにしかわからない気持ちを、どうにも胸の中にしまい込んでおけなかったのだろう。怒りに唇を震わせて、冷たく、憎しみのこもった感情をおもいきり吐き出した。

「小平は、教主の娘と結婚するために、妊娠している佐世子さんが邪魔になって捨てた。弱い者を救い、導く立場にある人間が自分の欲のために平気で女心を踏みにじり、裏切った。こんな男を放置していたら、また同じことを繰り返す。この際、死んでもらうしかないわね」

「それぞれが、自分の思惑や欲のために動いている。継子や新浜にしてもそうだ――」

と言いかけて瑞帆の方を向いた原田が口を噤んだ。

「どうしたんです、原田さん」

多可子が怪訝な顔をして聞いた。

「ええ……」

いつも遠慮しない原田が、眉間に深い縦皺を寄せて言葉を濁している。そればかりか、瑞帆も顔を俯けてなぜか躊躇しているような素振りを見せた。その様子が、多可子は妙に気になったのだ。

しばらく言葉を控え、考え込んでいた原田がフーッと大きな溜息をついて、多可子と神島、そして彰子の顔を交互に見つめて重そうに口を開いた。

「検事、それに彰子さんも気持ちを落ち着けて聞いてほしいんですが——」

「なんです、急にあらたまって」

険しい表情を見せた多可子と彰子の気持ちにイヤな予感が駆けぬけた。

(私たち二人に、ということは兄のことに違いない。原田さんはなにか重大な情報をつかんだんだわ……)

彰子の脳裡に緊張感が走った。

「実は、もう少し詳しく調べてと思ったんですが、継子を締めあげたとき……」

原田がまた言葉を切った。

「年夫さんのことですね」

多可子が落ち着いて聞く。

喋りにくそうにしていた原田が腹をくくったのか、もう一度大きく息を吐き出して、顔をあげた。真っ直ぐに厳しい目を多可子に向けて、

「——石川年夫さんを殺した犯人の江森を殺害したのは新浜のようです。教団の内部事情を知りすぎたことが殺しの動機らしいのですが、どうも継子が金を出し、医師の和久津典洋を抱き込んだようです」

と、気持ちをふっ切るように一気に話した。

一瞬、多可子と彰子の顔が強張った。

「新浜が……」

絶句した彰子の気持ちは荒れ狂っていた。

だが、すでに覚悟していたからか、感情を乱すことはなかった。つとめて冷静さを装っていた。

そんな表情を食い入るように見つめていた神島は、必死で動揺を隠そうとしている二人の気持ちを考えると、たまらなかった。その分、よけいに憎悪がかりたてられていた。

(今度の場合、年夫さんを殺した犯人が自殺した。ところが、それが自殺ではなく、新浜に殺害されたと言う。さらに九州で佐世子が殺され、両親がガソリンをかけて自殺した。その原因は小平にある。しかも、その真相を確かめようとした恭子が殺された。すべて事件は、『聖マリエス神霊教団』の関係者が深く関わっている。しかし——)

多可子は胸の中で燃えさかる激しい怒りの炎を懸命に抑えながら、猫の死骸を誰がなぜ、教主の娘聖香の部屋に持ち込んだのか。そのことがまだ気持ちの中に引っかかっていた。が、つとめて冷静に考え彰子の気持ちを気遣った。

今ここで動揺すれば、彰子さんはもっと動揺する。冷たいようだが、どんなにしても年夫さんは戻ってこない。だったら年夫さんの、いや彰子さんの辛い気持ちを少しでも和らげるためにも、事件の首謀者たちを断罪しなければならない。

多可子は、どこかで自身を割り切らなければ、と考え、悲しい表情のなかに激しい怒りと憎悪の感情を見せている彰子に、同情の眼差しを向けた。

（田口佐世子と山本恭子の親や親戚が処刑を求めている。これまでの調査からすると、新浜常夫、小平良、松崎継子、和泉美里、それに医師の和久津典洋の五人は当然断罪に値する人間だが、事件の真相はもっと深いところにあるのかもしれない――）

多可子は、ひとりずつ処刑しながら真相を暴いてゆくしかない、そう考え腹をくくった。闇の断罪人、六人が極刑の判決を下したのはそれから間もなくしてからだった。

2

午後九時――。

原田と布施は『聖マリエス神霊教団』の教主戸田のかかりつけの医師和久津を呼び出したあと、継子のマンションへ連れて行った。

強張らせた顔を俯けて動かない和久津は、渇く唇をさかんに指でなぞっている。まさか五年以上も前のことが、突然こんな形ではね返ってくるとは思ってもいなかった。

（あの男に毒を盛ったのは、私の責任じゃない。私はそそのかされてやっただけだ。悪いのはこの女なんだ――）

和久津は心の中で必死に言い訳しながら、自身のした行為を正当化しようとしていた。

しかし、その一方でついつい若い女の肉体に溺れたことを悔やんでいた。

その和久津と並んで床の上に座らされていた継子は、震えながらも固く口を閉ざしていた。

(この男たちのグループは一体、何を考えているのだろう。どうも警察に話した様子はないし……宗教セールスをしたり、脅しに来たり。本当の目的はお金なんだろうけど……)

継子は真っ蒼な顔を引きつらせ縮みあがっていながら、それでも頭の隅で、気丈にも懸命に相手の正体を探ろうとしていた。

そんな二人を、銀ブチのメガネの奥から食い入るように見つめていた布施は、顔の表情、目の動き、体の震え、動作などをつぶさに観察しながら、今なにを考えているか腹の中を読んでいた。

(医者のくせに、殺人という大罪を犯していながらまだ反省していない。罪を悔いるどころか、自分の立場をつくろい、この場をどうやって言い逃れしようか、と考えている。それに、この女もそうだ。教主の娘の腰巾着になって自分の欲を満足させることしか頭にない——)

と考えながら和久津に向かって言う。

「この事実を警察へ知らせても、マスコミに流しても、どのみちあんたは終わりだ。しかし、人の命を救う医者が人を殺すとは、世も末だな」

「知らん、私は何も知らん――」

「知らんだと!? こら、殺された者の身内がどれほど悲しんでいるか、てめえにはわからんのか! この前認めていながら、この期におよんで知らんと言い張るのか、てめえは!」

原田が威嚇するような大声で怒鳴りつけた。

「あれは、あれは脅されたから……」

「いい加減なことをぬかすんじゃねえ! ふざけやがって――」

原田が射竦めるように睨みつけた。

「和久津さん、あんたも社会的な地位のある人だ。いまさらうろたえるのは見苦しいと思わないですか。罪は罪として認め、死んだ人のために償いをしたらどうなんです」

布施が、冷ややかに蔑み、その視線を移動して継子に浴びせた。

継子は口を固く噤み、震えている。だが、やはり気持ちが落ち着かないのだろう。膝の上で握りしめている手が小刻みに震えていた。

「なにもかも喋って、楽になったらどうです、和久津さん」

「――知らないものは知らない。君たちこそ、なんの権利があってこんなことをするん

が利けるのか！」

「君たちだと⁉　偉そうに権利とかなんとか、人を殺していながら、てめえにそんな口
だ」

原田が怒鳴りつけた。

「和久津さん、悪あがきはもうそのくらいでいいだろう。あんたは知らぬ存ぜぬで押し通せば済むと思っているかもしれないが、そうはさせない。あんたたち二人には、きっちりと責任をとってもらいます」

布施は声こそ荒らげなかったが、浴びせかける言葉は気持ちを刺すようなトゲがあった。

「き、君たちに、人殺し呼ばわりされる覚えはない。なんの証拠もなしに、妙な言いがかりはやめてくれ！」

和久津が精いっぱい虚勢を張り、

（警察でさえ検死をしてわからずに自殺と断定したんだ。それをこんな男たちになにがわかる。遺体はすでに火葬している。なにも証拠は残っていない――）

と考えて、あくまでも事実を否定し、隠し通そうとしていた。

「証拠がねえか、ふざけるんじゃねえぜ、和久津」

鋭く睨みつけた原田は、じりじりしていた。すぐにでも息の根を止めてやりたい、そ

んな衝動にかられていた。

もちろん、布施も怒鳴りつけたい、すぐにでも処刑したいと思っていた。

だが、和久津は、もし殺人が発覚すればすべてを失い、一生を棒に振ることになる。それでもあえて殺人を犯した裏には、それなりの理由があったはず。その理由がまだはっきりしていない、と考え、憤る気持ちを押さえて、できるだけ冷静にと自身に言い聞かせていたのだ。

「和久津さん、本当のことを洗いざらい話してくれませんか。そうすれば警察にも告発しないし、すべてを忘れてもいいんですがね」

「……」

「継子さん、あんたは教団内部の事情をいちばんよく知っている。教主の戸田はもう余命いくばくもない。場合によっては『聖マリエス神霊教団』をそっくりあんたのものにしてやってもいいのだがね。それとも、二人ともあくまでも知らぬ存ぜぬで押し通すつもりならそれでもいい。ただし、その時は覚悟してもらう」

布施は、わざと選択させるような言い方をした。

覚悟してもらう、と言った布施の言葉を聞いた継子の目に、一瞬、怯えが走った。女の勘が恐怖を直感させていたのだ。

しかし、和久津は違っていた。

（もしかしたら、この男たちと取り引きができるかもしれない。私の過去が不問にふされれば、これまで通りにやっていける。警察に告発しないということは、この男たちにもきっと疚《やま》しいところがあるに違いない。なにか思惑がある。そこをうまく利用すれば――）

と、動揺する気持ちの中に、ふとよからぬ考えを浮かべながら、その一方で、こんな男たちの話に乗せられてはならない。うかつなことを喋れば、あとあとつきまとわれて何をされるかわからない。証拠も残っていないことだし、この際は黙っているに限る。それが身を守る一番の方法、と考え直して口を噤んだ。

「二人とも喋る気がなさそうだな。いいだろう」

「そうですね」

布施が、原田の人を食ったような冷ややかな言葉に同調した。

（この女が金を渡して、毒殺を依頼したらしいが、まだなにか隠している。肝心なことは喋っていない。教主の娘聖香の手元にいつもいたこの女なら、もっと詳しい事情を知っているはずだ――）

と考え、継子の目の前で医者を処刑すれば、何もかも自供するだろうと考えた。

布施は、ゆっくりとスーツの横ポケットの中に手を突っ込み、釣りの時に使う細いワイヤーを握りしめた。

裏の仕事はこれが初めてではない。しかし、さすがに人ひとり処刑するとなると手が震える。蒼ざめた顔の中で何度も奥歯を嚙みしめていた。

布施の顔からは、真面目そのものといったいつもの表情は消えていた。

再び原田を見て小さくうなずき合い、険しく抉るような目線を和久津に突き立てた。

「てめえら動くんじゃねえぜ、ちょっとでも動いてみやがれ、首の骨をたたき折ってやる」

原田がぎろっと睨みつけて脅しをかけた。

「な、何をする気だ、君たちは……」

和久津がその場の異様な空気を感じ取り、声を震わせた。

だが二人は無言だった。まったく和久津の言葉を無視した布施が、先に行動を起こした。

和久津の背後に回った布施は、ポケットから取り出したワイヤーを両手にすばやく巻きつけると、いきなり首にかけた。

「な、なにをする、ウグー……」

和久津の顔が崩れるほど歪んだ。

ほとんど声を出す間も、喚く間もなかった。床に正座させられていた体が、おもいきり後ろへ引き倒された。

「キャー！　アウゥ……」

悲鳴をあげた継子が、目の前で首を締められ、苦しみもがいている和久津を見て、床を這うようにして逃げようとドアの方へ向かった。

「動くなと言ったはずだぜ」

ずかずかっと大股で近付いた原田が、継子の襟首をわしづかみにして、引きずり起こした。

体をくねらせ、手足をばたつかせた。必死になって暴れるが、格闘技で鍛えた原田の腕力にかかってはまるで子供と同じだった。

なんなく後ろから抱き抱えられ、はがい絞めにされた。大きな分厚い手で声が出せないように口を塞がれ、白い太股を剝き出しにしてただもがくしかなかった。

顔を歪めた和久津は、額に青筋を浮き上がらせている。声を出そうとしているのだが、喉が締めつけられて息ができない。両手の爪を喉元に当て、ひっかくようにして苦悶した。

暴れれば暴れるほど、細いワイヤーが柔らかい皮膚に食い込む。

人が首をつって自殺するとき、顎の下、喉仏の上にヒモを当てがい、耳の後ろに回してぶら下がると、確実に息ができなくなる。

長年刑事として数多くの殺人や自殺現場を見てきた神島から、ヒモのかけ方を教わってきた布施は、どうすれば簡単に人が殺せるか、その手口をよく覚えていた。

和久津は、もう完全に窒息状態に陥っていた。

（欲を出した代償に、もっと苦しむがいい。これで、苦しみながら死んでいった石川弁護士の悔しい気持ち、無念がわかるはずだ）

布施は冷酷に考えながら、わずかに呼吸ができるほど手を弛めた。

ワイヤーが弛み、ゴホゴホッと咳き込んで大きく息を吸い込んだ瞬間、和久津の首に焼けつくような熱さが走った。

左手に巻きつけていたワイヤーを外すと同時に、右手でおもいきりしごくようにして引いたのだ。

「ウグーッ……」

和久津が目を剝き、苦悶の呻きを漏らした。

喉と頸動脈が鋭利な刃物で切ったようにすぱっと切れた。

頸動脈から吹き出した鮮血が飛び散った。その血が継子の顔にかかった。

反射的に両手で首を押さえた和久津の手が、みるみる赤く染まった。指間から溢れた血が、敷きつめてある絨毯の毛先にぽたぽたとしたたり落ちた。

血だらけになった和久津から離れ、ワイヤーを首から外して継子の方を振り向いた布施が、そのワイヤーについた血を、わざと継子の着ている服をつかんでぬぐった。

3

継子は声も出せなかった。

後ろから原田の太い腕で首を締めつけられている。しかも、目の前で何も抵抗できずに殺されるところを見せつけられたのである。まさか本当に殺すとは——。

血だらけになっている和久津を前にして、継子は震えあがっていた。

原田の腕の中でガクッと腰がくだける。床の上に転がり、まだ手足をヒクヒク痙攣させている和久津の姿を見て気が動転し、足が立たなくなっていたのだ。

その体をがっちり支えた原田が威圧的に、さらに脅しをかけた。

「まだ喋ってねえことを自供してもらうぜ。この医者みてえに殺されてもいいのなら別だがな」

「……」

継子はただおろおろしていた。

「黙っているということは死にたいということだな。ようし、遠慮なく首の骨をへし折ってやる」

原田が細い首に巻いていた左手に力を入れた。

喉が締まり、一瞬息ができなくなった継子が、引きつらせた顔に恐怖の苦悶を見せた。

「なぜ、石川弁護士を殺させた。それから、その犯人の男を金を払ってまで毒殺させた理由はなにか、はっきり言うんだ」

布施がじっと目を据えて詰問する。

まともに正面切って威嚇する原田の攻め方と違い、冷たいというか、ぞっとするほど継子の脳裡を震撼させた。

「……」

「そうかい、この女よくよく殺されてえとみえる——」

原田が言うなり、首を締めていた腕を解いた。

へなへなと、崩れるようにして継子が床へへたり込む。懸命に遺体から顔を背けようとするのだが、なぜか目が引き寄せられる。見たくないという無意識の気持ちが、逆に遺体を強く意識させていた。

狼のように鋭い原田の目と、蛇のように冷ややかな布施の眼が、じっと身を縮めている継子を見下した。

まとわりつく二人の視線が、継子の怯え切った体を抉る。血の気が引いた顔は真っ蒼になって引きつっていた。

(ここまで追い詰めても口を噤んでいるということは、もしかしたら、これまでに喋った以上のことは知らないのかもしれない――）

と一瞬考えた布施は、すぐにその考えを否定した。

この女がなにも事情を知らないはずはない。なにかを知っているからこそ、医者に金を握らせて石川弁護士を殺した犯人を毒殺させた。ということは、殺されるかもしれないという極限の恐怖に追い詰められても、口を噤まなければならないだけの理由が他にあるに違いない。しかし、一体その理由とは――。

新浜を庇っているのだろうか。いや、たとえ男と女の特別な関係があったとしても、継子は打算的に物事を考え、とらえる女。もっとほかに大きなメリットがあったからこそ犯罪に加担した、と考えた方が自然だ。

もし新浜のために協力したのでなければ、小平と裏でつながって新浜を陥れるための、なにか画策を練っていたのだろうか――。

いや、それは考えられない。小平は教団の実権を握るために、教主の娘聖香と結婚したがっていたという。そのことは聖香の傍についている継子がいちばんわかっている。

しかし、継子が小平と組んでいたとしたら――。

小平と聖香を結婚させたあと、新浜を失脚させ、教団のトップになったあと聖香を殺す。そして、そのあとがまにおさまる。それくらいの計算はしていたかもしれない――。

継子は、そのために女であることを利用し肉体を使って新浜を惑わせ、近くにいて動きを探り情報をつかんでいた。そう考えれば説明はつく。

聖香は当然、教団内の醜い権力争いには気付いているだろう。だとすれば、戸田教主亡きあと、教団をまとめるためには新浜と小平の処分を考える。そうなれば、継子はナンバー2の座を手中に握れる。

しかし、一生を棒にふるほどの危険をおかしてまで自分をかけるメリットがあるとは思えないが――。

と考えた布施はハッとした。

聖香が教団内の反逆をすべて知った上で、継子を手足のように使っていたとすれば、継子は聖香の命令には絶対逆らえない。

教団内部の混乱によって、あるいは告発されることによって、教団の恥部を外部にさらしたくないだろう。いくら洗脳していても、ごたごたが起きれば信者は教団を離れるし、新しく入信する者も減る。信者の数が減れば、当然、教団の収入に直ちに影響してくる。それも、何億、何十億という金がである。

聖香が現状の争いを鎮めるため、新浜と小平を失脚させれば、教団を辞めてゆく信者も食い止められる。つまり、教団に入ってくる金がすべて聖香のもとへ入ってくる。

いちばん教団内でメリットのある人間は聖香だ。しかも教団を統括し、守る立場にある聖香なら、教団内の醜態を知った石川弁護士を殺す動機は十分ある――。

布施はそう考え、すべての黒幕は聖香なのかもしれないと疑いはじめていた。

「喋ってもらうぜ」

原田が、腹の底からドスの利いたしわがれ声を出した。

(そうか、金貸しの佐々木が言っていたが、この継子は小平の使いといって、ヤツに会っている。もしかすると、聖香に命令されていたのかも――)

そう考えた原田は、いきなり、床の上に縮こまってガタガタ震えている継子の襟首を、むんずとわしづかみにした。

殺される、という恐怖が継子を襲った。

「やめて――!」

継子は頭を振り、つかまれた原田の手を外そうともがいた。

後ろに引き倒され、仰向けになった格好で手足をばたつかせ、抵抗する継子の体をむりやり和久津の遺体のそばまで引きずってゆく。

継子の着ている服が血に汚れ、赤黒く染まる。

わなわな唇を震わせ、歯をガチガチ鳴らしている。怯えきった継子を無視した原田が、空いた左手で髪をわしづかみにして有無をいわさず和久津の血だらけになった死骸に顔を押しつけた。

「ヒーイ！……」

喉を押し潰したというか、笛を吹くような悲鳴をあげた継子が、懸命に歪めた顔を上げようとした。

だが、力ではかなわない。上げようとする頭を強く押さえつけられ身動きができなかった。

死骸はまだ硬直していなかったが、顔に触れる皮膚が異様に冷たい。その死体独得の冷たさが、継子の気持ちをいっそう恐怖のどん底に突き落とした。すっかり血の気が失せて、鳥肌立った顔面は、蒼白を通り越し、土色に変わっていた。

「どうだ、このまま和久津の体が腐るまで、死体と一緒にここで同居するか」

原田がさらに強く顔を押しつけ、脅しをかけた。

「や、や、やめて――！　タスケテ――！」

継子が半狂乱になって絶叫した。

冷静になろう、そんな余裕はすでになくなっていた。

「助けてほしいか」

口元に冷たい薄笑いを浮かべた原田に向かってぎこちなくうなずいた継子は、それでもしたたかだった。

「話す、なにもかも話すから、助けて。なんでも協力する、だから、だから――」

「よし、いいだろう。じゃあ、さっそく聞かせてもらおうか。石川弁護士を殺せと命じたのは誰だ」

「に、新浜……」

「新浜が独断でやったというのか、どこまでも嘘をつくつもりか。え、新浜に誰が命令した。おまえか！」

「ち、違う……」

継子は必死で応えながらも、一瞬口を噤んだ。

「誰が黙っていいと言った！」

怒鳴った原田が言葉を切った。継子に命令するような言い方をして、また、死体に顔を強く押しつける。何度も何度も、同じことを繰り返された継子は、恐怖から逃げだしたかったのだろう。たまらず喋りはじめた。

「聖香、聖香さまが……」

「なんだって？　たしかに聖香に間違いないんだな！」

驚いたような表情を見せた原田が、強く念を押し、やはりそうだったのかと思いながら布施と顔を見合わせた。

力なくうなずいた継子は、最後まで隠していた名前を吐き出したことで張り詰めていた気持ちがぷつっと切れたのだろう、がっくり肩を落とし放心状態に陥った。

彰子が、女性だけにしかわからない気持ちを、どうにも胸の中にしまい込んでおけなかったのだろう。怒りに唇を震わせて、冷たく、憎しみのこもった感情をおもいきり吐き出した。

「小平は、教主の娘と結婚するために、妊娠している佐世子さんが邪魔になって捨てた。弱い者を救い、導く立場にある人間が自分の欲のために平気で女心を踏みにじり、裏切った。こんな男を放置していたら、また同じことを繰り返す。この際、死んでもらうしかないわね」

「それぞれが、自分の思惑や欲のために動いている。継子や新浜にしてもそうだ――」

と言いかけて瑞帆の方を向いた原田が口を噤んだ。

「どうしたんです、原田さん」

多可子が怪訝な顔をして聞いた。

「ええ……」

いつも遠慮しない原田が、眉間に深い縦皺を寄せて言葉を濁している。そればかりか、瑞帆も顔を俯けてなぜか躊躇しているような素振りを見せた。その様子が、多可子は妙に気になったのだ。

しばらく言葉を控え、考え込んでいた原田がフーッと大きな溜息をついて、多可子と神島、そして彰子の顔を交互に見つめて重そうに口を開いた。

「なぜだ、なぜ聖香が殺させた」

布施が横から鋭く聞いた。

「お金……教団のお金を聖香さまが『泉霊の里』の研修所に隠していた……それをあの弁護士に知られて……」

「たかが隠し金のことを知られたくらいで、殺したというのか！」

原田が噛みつくように顔を近づけて怒鳴りつけた。

注意深く話を聞いていた布施がピクッと眉をひそめ、疑うような目付きを向けた。

「教団のお金の流れが世間に知られるとマスコミが騒ぎ、やり玉にあげる。そうなると教団にとっては大きな痛手に……」

「聖香は『聖マリエス神霊教団』の人間だろ。それがなぜ別の宗教団体『泉霊の里』の研修所に金を運んでいたんだ」

布施がさらに突っ込んで聞き返した。

継子もいったん言葉を吐いたからか、あるいは諦めてどうでもなれと思ったのか、助かりたい一心で目をつぶったままぺらぺら喋りはじめた。

「『泉霊の里』も、今度新しく設立するよう頼んでいる『宇宙真心教』も、すべて聖香さまの命令で……お金が一つの教団に集中すれば、世間からどのような非難を浴びせかけられるかわからない。だから、そのお金を分散させるために……」

「金、金、金か——」

原田はうんざりしながら、現教主の後継者と決まっている聖香が、なぜそこまで金に執着するのか疑問を持った。

同じような疑問を感じていた布施も、金に困った経験がある。

人間がつくった金のために、人間を窮地に追い込んだり追い込まれたり。あるいは欲から人を陥れ、騙すなど次第に心が悪にむしばまれてゆく。どんどん変化してゆく人の気持ちは、布施自身痛いほどよくわかっていた。

金は人を狂わす。人の命を救うのが目的の宗教人も、所詮、欲を持った人間である。金のために心を奪われたとしても不思議はない。

脱税するために宗教法人の優遇税制をフルに利用し、信者から集めるだけ集めた金で、とてつもない大神殿や聖堂を建て教勢を保持したり、豪勢な邸宅に住んで贅沢三昧している教祖。それが何よりも金に狂った教団の実態を見せつけていた。

「なぜ、聖香が金に執着しはじめたのか、理由を喋ってもらおうか」

原田の詰問に、継子が震えながら答えた。

「戸田教主さまは信仰一途に生きてきた方で、教団のお金のことはすべて新浜部長に任せていたんです」

「なるほど、それで？」

「新浜部長は、それをいいことに教団のお金を勝手に使っていた。自由にしていたんです」

「おまえに贅沢をさせるためにか。たしかおまえは、新浜の女だったな。生活費も受け取っている。ということは、おまえも新浜とぐるになって教主と聖香を裏切り、教団の金を使い込んでいたというわけか」

「ち、違います。私がもらったお金は、すべて聖香さまにお返ししています」

「だったらなんのために新浜の女になったんだ。ただの欲望から男と女の関係になった、とでも言いたいのか」

「聖香さまに頼まれて……」

「なんだと？　聖香に頼まれて体を新浜に与えたというのか。嘘をつくなら、もっとましなウソをつけ。じゃあ、新浜に近づいた理由は」

原田に鋭い眼で睨み据えられた継子は、必死になって言い訳した。

「本当です。戸田教主さまが病気になってから、小平部長と新浜部長が権力争いをしています。新浜部長は、その権力争いに勝つために、地方の幹部信者を味方にしようとしてお金を使っていたんです……」

「支持者を教団の金で買収したというのか」

布施は首を縦に振って肯定した継子を見て、まるで政治家の権力争いと同じだと思いながら、さらに厳しく追及した。

「小平が別教団『泉霊の里』をつくった理由はなぜだ」

「『泉霊の里』をつくったのは聖香さまです……教団の管理を任されていた小平部長と聖香さまは特別な関係になっていた。それなのに小平部長は、新浜部長に対抗して教団に集まってくるお金を使うため、美里さんにまで手をつけたのです……」

「教団の最高幹部ともあろう者が、そろいもそろって教団の金をつかい権力争いをしていたとは、なんという腐れ切った教団なんだ。聖香はその事実を知っていたのか」

「知っていました。だから私を新浜部長に接近させ、実態を探るように言われたのです。その方が、本当の情報が入りますし、動きがわかりますから……」

「汚ねえ野郎だ。『センリ平和産業』という別会社をつくって信者をそこに勤めさせ、給料を吸い上げたのも聖香なんだな」

　原田が怒る気持ちを我慢して聞いた。

「そう、そうです……」

「それでてめえが『泉霊の里』に出入りし、金貸しの佐々木と直接会っていたのか――」

「なるほど、そういうことだったのか。しかし、教主の和泉美里は小平を裏切ってまで、教団に入ってきた金を聖香の指示に従って隠したばかりか、よくおまえの言うとおりに動いたものだ、なぜなんだ」

布施がさらに問い詰めた。

「それは、美里さんはもともと私が聖香さまに紹介した占い師です。だから、お金で簡単に話はつきました。しかし途中から欲を出しはじめた。聖香さまは教団の分裂を防ぐためには、お金を管理するのが一番と考えたんです。それで別会社をつくった。これは教団を守るため、教団を危機から救うための止むを得ない措置だったんです……」

継子は喋っていると、その瞬間だけ怖さから解放されるような気がして、一気に話した。

これでだいたいの真相はつかめた。聖香も教団を守るためと言いながら、結局、信者から集めた金を独り占めしたかっただけじゃねえか、と思った原田が、ちらっと布施の方を見た。

布施もこれ以上聞いても仕方がない。理屈はどうであれ、それぞれの人間が宗教を利用して綺麗事を言いながら、裏で権力と金を握ろうとしただけだ、と思いながら、小さくうなずいた。

その布施に、また黙ってうなずき返した原田が、一瞬、冷たく表情を強張らせた。座り込んだまま、手を組んで祈るような仕草をしている継子の怯えた顔に、鋭い目線を突き立てて再び首に腕を巻いた。

「た、たすけて……」

ぎくっとして目を開けた継子が声を震わせたのと、腕に強い力が入ったのと、ゴクッと首元で鈍い音がしたのとほとんど同時だった。

「ムグ――ウウ……」

苦痛に歪んだ口から呻きを漏らした継子が、白眼を剝いた。だがもう次の言葉は吐けなかった。

ガクッと腕の中で折れた首が前に傾く。だらりと両手を下げた継子の体から力がぬける。

（処刑の現場と、裏の顔を知った者は生かしておくわけにはいかないんだ。悪く思うなよ。神のもとへ召されるのがてめえらの無上の歓びなんだろうから、心おきなく天国へでも地獄へでも逝ってくれ――）

平然と心の中で非情な言葉をかけた原田が、ぐったりした継子の首から腕を外した。

前のめりになった継子の体が、すでに冷たくなっている和久津の背中に倒れ込んで折り重なる。

ゆっくり立ち上がった原田と布施は、床に転がった二人の遺体を見下し、冷ややかな視線を投げかけた。

4

午後十時すぎ、小平を尾行していた神島と瑞帆は、宗教法人『泉霊の里』に入るのを見定め、しばらく車の中から様子をうかがった。

夜が更けているからだろう、訪れてくる信者もなく、教団はひっそりと静まり返っている。教団の建物を押し潰そうとでもするかのように、天を厚い雲が覆っている。何となく周囲に重い空気が漂っていた。

（この教団が二人の墓場になる。ここで死ねれば本望でしょう――）

瑞帆は冷ややかに考えていた。

どこからか犬の遠吠えが聞こえる。その物悲しそうな啼き声が、なぜか背筋をぞくっとさせた。

神島と瑞帆は車を降りた。

瑞帆の手には小さく折りたたんだ、新体操のときに使う柔らかい絹地のリボンが握られている。傍らから見ると、布切れを持っているというくらいで、それがなにかまるでわからなかった。

さいわいなことに宗教教団は、訪ねてくる人を拒まない。それは、宗教の持つ特殊性でもあるが、やはりそこには欲がある。

美里は今一人でも多くの信者を集めようとしている。そのためにわざわざ『東京総合心理研究所』と宗教セールスの契約まで結んだのである。

神島も瑞帆も、そのことをちゃんと計算に入れて行動していた。

二人は、思った通りすんなりと中へ入れてもらい、応接室へ通された。

（小平はどこだ――）

神島は耳をそばだて、神経を集中させた。

部屋は何室かあるのだろうが、ことりとも音がしない。ひっそりしていた。

「夜分遅く申し訳ありません」

瑞帆が立ったまま丁寧に頭を下げた。

「どうぞ――」

表情も変えずに着座を勧め、瑞帆から神島に目線を移した美里が、急に、なにかイヤなものでも見るように眉根を寄せた。射竦めるような冷たさを神島の目の奥に感じたのだった。

瑞帆は再び軽く頭を下げて、ソファに浅く腰を下ろした。その横に並んで神島がゆっくり座る。

「ぜひ、お話ししておきたいこと、お聞きしたいことがありましたので……」

「どういうことでしょう。なにか困ったこととか、お悩みでも？」

と聞く美里に、伏し目がちに視線を落とした瑞帆がわざと大きな溜息をついて、少し考えるような素振りを見せてから顔を上げた。向けた眼差しは冷たく険しかった。

「――はっきり申し上げましょう。あなたが殺した山本恭子さんのことで話を聞かせてもらおうと思いましてね」

「えっ⁉……」

反射的に驚嘆し、慌てた美里の表情がきつく強張った。黒い瞳が激しく左右に動く。驚きが途端に警戒の眼差しに変わった。

「そんなに驚くことはないでしょう」

「な、なにをおっしゃるんですか、あなた方は！　突然訪ねてくるなり、人を殺しただなんて失礼にもほどがあります。お帰り下さい」

美里が戸惑いながらも激しい言葉を浴びせかけ、憮然として席を蹴った。

「おとなしく座って話を聞くんだ」

黙っていた神島が厳しく、押さえつけるように言って美里を鋭く睨みすえた。

「あなた方は、私を脅しに来たんですか！　そんな、わけのわからない言いがかりをつけると警察を呼びますよ、警察を！」

美里が目くじらを立てて、声をうわずらせた。

「警察を呼ぶ？　いいだろう」

神島が冷たく言って、口元に凍るような薄笑いを見せた。

「美里さん、刑事はもう来てるわよ」

瑞帆の言葉を聞いた美里は、一瞬、耳を疑った。思わず神島を見つめた。真っ蒼になって、つり上げた目尻をヒクヒク痙攣させていた。

（もうあなたに、人間として生きる資格はないのよ。断罪を甘んじて受けなさい――）

憎悪が吹き出した瞬間、布を持った瑞帆の右手が俊敏に動いた。

シュルシュルシュル――。

手の動きに合わせ、手元から衣ずれの音を残し、紫の布が真っ直ぐ美里に向かって伸びた。

布の先端がくるくるっと首に絡みつく。布を操る手のしなやかな動きと身のこなしは、華麗だった。まるで羽衣をなびかせた天女の舞、そんな感じさえした。

「キャー！　な、なにを、ウグ……」

と悲鳴をあげ、両手を首に当てて、リボンをつかんだ美里の体が前につんのめる。大きな音をたててテーブルの上に倒れ込んだ。

同時に立ち上がった瑞帆の体が、身軽に宙を舞う。ソファのクッションを利用して跳ね上がった体が回転して、美里の背後の床にすとんと立つ。

光沢のある紫色の絹の布が、まるで生きているように波打ち、しなやかに動く。長さは三メートルほどある。首に絡みついたリボンが、顔を上げた美里の口と目を塞ぐように、さらに巻きついた。

喉が締めつけられて声が出ない。ぐいぐい引きつけられた美里が苦悶に顔を歪めた。

（恭子さんや佐世子さん、それにご両親がどれほど苦しんだか。その苦しみをあなたもたっぷり味わうといい。死んで償いをするのよ）

胸の中でさらに憎恨の怒りを激しく煮えたぎらせていた。

美里はぐったりして、ピクリとも動かなくなった。

その美里に冷ややかな視線を向けていた神島の耳が、ばたばたと廊下をひた走る足音をとらえた。

きたな――。ちらりと瑞帆を見た神島が、ドアの横の壁際にぴたっと背中をつけた。息を殺して身構えた。瑞帆も同じようにドアのうしろに身をひそめる。

部屋の前で足音が止まる。と同時に、勢いよくドアが開いた。

「美里――！」

入ってきた小平が、テーブルの上で仰向けに倒れたまま動かない美里を見て、大声を上げながら駆け寄ろうとした。

その背後から、瑞帆の手を離れたリボンの布が波打ちながらするすると伸びた。

「アッ、ウウ……」

前に行こうとする勢いがあったからだろう、絡まったリボンが首を締めつけた。

リボンがピーンと張りつめた。

小平の頭が、がくっと後ろにのけぞる。

よろけながらも、倒れかかった体をやっと支えた小平が布地をつかみ、瑞帆の方を振り向いた。

その瞬間、飛び出した神島からおもいきり足を払われた。

重心を失った小平の体が、どどっと音を立てて床に崩れ込む。

(瑞帆、なかなかやるじゃないか——)

冷静に考える余裕を持っていた神島は、倒れた小平の腕をとり、俯けにしてぐいと捻じあげた。

「おまえたちは……ウゥッ……」

小平が顔をしかめた。

神島が脇腹に膝頭を強く押しつけ、尻を浮かすようにして上から体重をかけた。

「あう……痛あ! な、なにをする……」

息が止まりそうだった。

折れた骨が内臓に突きささる、そんな感じの激痛が脳裡を突き抜けた。

「聞くことに答えろ——」

「こ、こんなことをして、ただですむと思ってるのか！」

「つべこべ言わない。でなきゃ、あの女と同じ目にあうわよ」

瑞帆が、首にまきついているリボンを引いた。

「ググーッ……」

小平が小さな呻きをあげて顔を歪めた。

「教主の娘の部屋に猫の死骸を持ち込んだのはおまえか」

「な、なんのことだ……」

小平が真っ蒼になってあがいた。

「聖香の気を引くためにやったんだな」

「し、知らない……なんのことか、私にはわからない、ウウ……」

喉をゼーゼー言わせながら苦しみもがいている小平に、蔑んだ眼差しを浴びせかけた神島が、再度詰問する。

「おまえがやったんだな」

「ち、ちがう……」

「――別教団をつくった理由は」

「……」

「喋らなければ、殺すわよ」

瑞帆が、リボンを持つ手に力を入れた。

「グウ……た、たすけてくれ……」

「女性を騙し、もてあそぶような最低な男でも、まだ命が欲しいの。さ、本当のことを言うのよ。殺されたくなかったらね」

「――そ、それは……」

「命が惜しかったら正直に白状するのよ！」

「……」

「ただの脅しじゃないぜ」

神島がスーツの左内側にさげていたホルスターから銃を抜き出し、サイレンサーを取りつけ、

「死にたけりゃ、永久に黙らせてやる」

と言いながら、小平のこめかみに銃口を強く押しつけた。

「や、やめろ……言うからやめろ……」

小平が、蒼白な顔の中でがたがた唇を震わせた。

「だったら無駄口をたたくな」

「独立するつもりだったんだ……」

「教団内の権力抗争に負けたときの用心のためにつくったってわけね」

「資金を出したのは誰だ」

「……」

「誰が出した！」

神島が言うなり、顔からわずかに銃口を外し、引き金を引いた。

硝煙の強い刺激が鼻をつく。弾丸が小平の目の前で床をぶちぬいた。

「ヒーッ、や、やめてくれ――！」

顔を引きつらせた小平が、情けなく声を震わせた。

「殺されたくなかったら、はっきり言いなさい！」

厳しく責めていた瑞帆が、突然、あっと声をあげてのけぞった。いつの間に息を吹き返したのか、背後からものすごい形相をした美里が襲ってきたのだ。

「殺してやる！」

狂気のように叫んだ美里が、素手で力まかせに瑞帆の首を締めた。

うかつだった――。

ぐったりして動かなくなった美里を見て処刑し終えたと思い、止めを刺さなかったのだ。

「ウグーッ……」

苦しさに顔を歪めた瑞帆は、必死になって両手で美里の手を振りほどこうともがいた。

「手を放すんだ」

神島が、小平を動けないように押しつけたまま、鋭く睨み据えた。

「銃をよこしなさい！　言うとおりにしないと、この女を殺すわよ、わかったわね！」

美里が狂気して喚いた。

「——殺ってみろ」

神島が、ゆっくり銃口を向けた。

美里が瑞帆の体を盾代わりにして、じりじりっと後退する。

体は密着させているが、神島を睨みつけているからだろう、美里の顔半分が瑞帆の顔の横からわずかにのぞいていた。

もし、この状態で銃を撃つと、手元が少しでも狂えば瑞帆の頭をぶちぬくことになる。

（神島さん、私の命は預けたわよ——）

心の中で語りかけた瑞帆は、ぴったり照準を美里の右の額に合わせて、狙いを定めている神島の腕を信頼しきっていた。

「さあ放せ——」

「うるさいわね、撃てるものなら撃ってみなさいよ。この女も一緒に死ぬことになるわよ」

美里が虚勢を張って喚き立てた。

瞬間、瑞帆が顔を横に倒した。と同時に、引き金にかけていた神島の指が動いた。

「ウグーッ……」

小さく呻いた美里の頭が弾けた。

吹き出した血が瑞帆の顔に浴びせかかる。

女二人の体が絡みあったまま、重なるようにして床に倒れ込む。

目を剝いた美里の体が激しく痙攣する。

首に巻きついている美里の手をふりほどいた瑞帆が、ムクムクッと起き上がった。

銃弾は確実に前頭部を撃ちぬいていた。

5

小平は震えあがっていた。

目の前で美里が容赦なく撃ち殺されるのを見て、肝を潰された。嚙み合わない歯がガチガチと音を立てている。つりあげた眼は恐怖におののき、おろおろしていた。

死人のように顔色を変えている小平に、鋭く冷たい視線を浴びせかけた神島が、銃口を頭に強く押しつけて聞く。

「この教団を興すときの金はどこから出た」

「せ、聖香さまから……」

小平がごくりと唾を飲み込み、言葉を喉に突っかからせながらやっと声を出して答えた。

「『聖マリエス神霊教団』の幹部であるおまえがなぜ、この教団『泉霊の里』に関わっている」

「私、私はただ……ただ聖香さまから管理するようにと……。ウソじゃない、本当だ。私は言われたとおりにしただけだ……」

小平は助けてくれと懇願するように合掌して、震えていた。

「美里を自分の女にしてまで、なぜ任された教団の金を使い込んだ」

「……」

「なぜだと聞いているんだ！」

神島が銃口をさらに押しつけて、厳しく攻めた。

「や、やめてくれ。話す、話すから殺さないでくれ……」

正面から、怯える小平の顎を血だらけの手でわしづかみにした瑞帆が、冷たく言った。

「この女のようになるかならないかは、あんた次第よ」

「た、助けてくれ。お願いだ、お願いだ——」

「めめしいわね、いい加減にしなさいよ。いままで多くの女性を自分の慰み者にした挙げ句、殺したくせに。今度は女の私に助けてくれって頭を下げるの。あんたって最低の男だわね――」

瑞帆が軽蔑しきった言葉を浴びせかけた。

それでも小平は見栄も外聞もなく、助けてくれ、助けてくれと、すがるように言いながら体をぶるぶる震わせていた。

「あんたそれでも男なの。教団の幹部かなにか知らないけど、助けてほしければ、なにもかも喋るんだね。自分の罪を認め、懺悔して償うのが信者のつとめでしょうが！」

煮え切らない小平の態度に瑞帆が苛ついた。神島が銃を握りなおした。

「おまえみたいな男は、永久に口を利かないことだ」

「待ってくれ、言う、言うから助けてくれ――同志を集めるために金が必要だったんだ……」

「権力を手に入れたかっただけじゃないの」

「ち、違う。私は、私は教団のためを思って……新浜が教団を乗っ取ろうとしたから、それを阻止しようと考えたんだ……」

「ふざけるんじゃねえぜ小平。貴様ら二人が欲を出したために、何人の信者が命を落とした。石川弁護士と山本恭子に醜い教団内部の争いを知られ、ぐるになって殺した。それでも教団のためだと言い切れるのか」

神島はこの期におよんでも、まだ自己保身のために言い訳しようとしている小平のぐじぐじした態度を見て、ムカムカしていた。

「殺したのは私じゃない……」

「まだ、自分の立場がわかってないようね。宗教という神聖なものを利用し、神を利用して権力を握ろうとしたくせに。理屈も言い訳も聞きたくない。もううんざりだわ。あんたはただ、出世と男の欲望を考えていただけじゃないの。ふざけるんじゃないわよ」

「弁護士を殺させたのも、和久津という医者に男を殺させたのも、継子が金と体でそそのかしてやらせたんだ……犯人の男を精神病者に仕立てあげ、心神喪失を理由にすれば無罪になると殺害計画を企てたのは新浜だ」

「山本恭子を殺したのは！」

「私じゃない。なにもかも新浜が……」

「すべて他人がしたことだと？」

言葉が終わるか終わらないうちに、銃を握っている神島の手が空を切った。

ゴクッと鈍い音がした。と同時に、呻き声をあげる小平の顔が反りかえった。後ろへ倒れこみ、床でしたたか後頭部を打ちつけた。

銃底で顎を突きあげられた。皮膚が切れ、肉片が剝き出しになる。ぱっくりと開いた傷口から飛散した血が、床を赤く染めた。

「や、やめてくれ、助けてくれ……新浜と継子は聖香にとり入って教団を牛耳ろうとしていたんだ。私は知らない。なにもしてない……」

上半身を起こし、みんなのことを呼び捨てにした小平が、血だらけになって動かない美里の方へじりっ、じりっと後退りした。

手に美里の腕が触れる。その異様な固さと冷たさに、おもわず手を引っ込めた。小平の背筋に、ぞぞっと寒気が走る。目尻から頬にかけて激しく筋肉を痙攣させていた。

（権力に執着し、権力を握っていた者が力を失うと、こんなに弱くなるものか――）

神島は目の前でがたがた震え、声も出せないでいる小平の不様な様子を見て哀れにさえ感じた。

こんな教団の幹部を信じ、自身の生き方を委ねている信者こそいい迷惑だ。ウソで塗り固められた虚構の世界にどっぷりとつかり、自分の意思というものを失った挙げ句、騙される信者も信者だが、その弱い心の部分を利用して金と権力を握ろうとしていたこの小平をはじめ、新浜たち教団の幹部は絶対に許すわけにはいかない。

神島の怒る気持ちが、わずかに銃身の先を震わせた。今にも噴き出しそうな怒りを抑えて、

「聖香は、そのことを知っていたのか」

「す、すべて知っていたはずだ……」

「――教団ぐるみで事実を隠蔽しようとしていたんだな……」

「私は、私は関係ない……」

まだ言い逃れしようとしている小平の態度に業を煮やした瑞帆が、憤る気持ちをたたきつけた。

「自分一人が善人ぶろうと思ってもそうはさせない。なんの罪もない人を陥れ、死に追いやっていながら関係ないとは絶対に言わせないわよ。女性の気をひこうと猫の死骸まで持ち込んで小細工するなんて、それでも宗教家なの。冗談じゃない、ただの権力欲に取りつかれた卑怯な男よ。そんな男を生かしておいては、世のため、人のためにならない。死んでもらうしかないわね」

「や、やめてくれ……猫の死骸を持ち込んだのはほんとに、ほんとに私じゃない。部屋の鍵は聖香と継子しか持っていないし、あそこは一切男が出入りできない」

「聖香とあんたはできてたんでしょう。だったら、合鍵ぐらいすぐつくれるじゃない。そうでしょうが！」

「――聖香を抱いて慰めたことは認める。しかし、私は神に誓ってもそんなことはしていない……」

「神に誓って？　笑わせるんじゃないよ。だったら誰が何のためにあんな卑劣なことをしたか説明してもらおうじゃないのよ。聖香を怯えさせることで気持ちを傾けさせれば結婚できる。戸田教主が死んだあと次期教主になることが決まっている聖香と結婚できれば出世できる。そんな打算を抱いていたくせに」

「ち、違う……信じてくれ、私を信じてくれ……」

必死になって言う小平の唇は血の気が失せ、紫色になっている。ごくりごくりと唾液を飲み込み、怯えきった眼を瑞帆と神島に向けた。

（これ以上、小平の言い訳を聞いても仕方がない。教団は死者を葬るところ。死に場所としては文句はあるまい――）

腹の中で冷めた言葉を吐きかけた神島が、瑞帆と目線を合わせ小さくうなずき合う。

そして瑞帆が部屋の外へ出て行くのを見ながら、突きつけていた銃を頭から外した。

くるっと背を向けた神島は、ゆっくりした足取りでドアのそばへ歩み寄る。

小平は怯えながらも解放されたと思い、ほっと胸を撫で下ろした。

その瞬間、振り向いた神島が銃口を小平の頭部に向けた。無言の表情は凍りつくほど冷たかった。

引き金にかけている神島の指がゆっくりと、静かに動いた。驚愕して目を見開いた小平の顔が、恐怖に歪んだ。

「ウワ、ウワ……た、助けて、ウグー！」

言葉が口から出てしまわなかった。

後頭部から血しぶきが飛び散る。

衝撃にはじけた小平の体が仰向けになって美里の死体の上に倒れ込んだ。

額についた丸い弾痕から血が流れ出る。その血が眉間から鼻の両側に赤い筋を引いた。

体が激しく痙攣している。だが、それも長くは続かなかった。無意識のうちに上げた頭がガクッと折れるように後ろへのけ反った。

小平はそれっきりうごかなかった。

銃を下ろした神島は、フーッと肩で大きな息をついた。

血だらけになり、重なり合った小平と美里の死体に冷ややかな視線を浴びせかけ、銃を胸の脇のホルスターに収めた神島は、何事もなかったように部屋を出て、ドアを閉めた。

6

多可子と彰子は『東京総合心理研究所』のオフィスで布施と原田、そして、神島と瑞帆から予定通り断罪を終えたとの報告を受けたあと、最後の段取りを確認し合っていた。

「それじゃ、聖香は処刑せずに苦しめればいいのね」

彰子が固い表情を見せて念を押した。

毒物で命を奪う。それが薬剤師だった彰子の断罪の仕方だった。

だが、殺さないで生かしておくとすれば、薬物の使い方も違ってくる。薬物によってその効果はいろいろである。たとえ殺さなくても、本人に最高の苦痛を与えるためには、あらたに使用する薬物を変えなければならない、と考えていたのだ。

「私に考えがある。任せてくれるわね」

険しい表情をしながらも、冷静に言う多可子は、本当の黒幕は聖香だと確信しながら頭の中で再度、事件の流れを整理していた。

最高幹部の新浜と小平は、明らかに失脚するだけの条件、弱味を握られている。おそらく聖香はそこのところを利用しようとして、二人の行動を見て見ぬふりをしていたに違いない。

聖香は致命的な弱点をつかむことによって、これから先、誰からも教主としての地位を脅かされることはない。逆らう者もいなくなる。

しかも、聖香自身が絶対的な権力を握れるから、幹部の権力争いも鎮められるし、教勢を弱める火種もなくなる。

つまり、信者から納められる莫大な金が、聖香ひとりの懐に転がり込むことになる。

すべて聖香の綿密な計画によって仕組まれた策略に違いない。

多可子は、処刑の道具である愛用のクロスボーを点検しながら考え込んだ。

これまでに皆が調べ上げた事実から判断して、聖香が背後で糸を操っていたのは、まず間違いない。すべての事情を知っていながら、その悪事をあえて止めなかった聖香の責任は重い。

いま教団内で起きている権力抗争をうまく利用しながら、教団を自分のものにしようと考えたのは明らかだし、自分はなにも手を汚さないで、すべての責任を新浜と小平に押しつけ、もっともうまく立ちまわっている。しかし――。

しかし聖香は直接手出しはしていないし、いまのところ教主の戸田が生きているから教団の最高責任者でもない。

たとえ取り調べるにしても、任意で取り調べするしかないが、自分はまったく知らない、教団の幹部が勝手にやったことだと突っぱね、知らぬ存ぜぬで押し通せば、有罪にする決め手はない。

物的証拠がない以上、状況証拠だけではどうにもならない。法律で裁くには無理がある。

そうなるとやはり、闇の処刑をするか、それとも生かしておいて、これから先聖香が実権を握り教団を支配している限り、精神的、肉体的に圧力をかけ脅しながら、苦しめてこちらの思い通りに動かすか、しかない。

多可子は聖香に対する断罪の仕方を考えながら、彰子に話しかけた。

「彰子さん、新浜は私が葬るけど、もし、あなたが兄さんのことで気持ちが動揺しているなら、今回は降りた方がいいわ。あとの仕上げは、私たちでやるから」

「——私にそんな気を遣わないで……」

彰子の眼差しは険しかった。

多可子の言いたいことはわかっていた。

闇の仕事に失敗は許されない。兄の年夫を殺されたことで激しい怒りと恨みを抱いているだけに、その憎悪の気持ちが冷静さを失わせるのではないか。そこを心配してくれていたのだ、と思っていた。

「大丈夫よ、もうすでに方法は考えているから心配しないで」

「そう、それならいいけど——」

多可子は、黒い布製の大きなバッグにクロスボーと矢を入れながら、まだ心配そうな口振りをした。

「私だって兄を殺した張本人の聖香を、この手で断罪してやりたい。でも、皆で協力して裏の仕事をしている以上、私のわがままが許されないことはわかっているわ」

彰子が悔しそうに震えている唇を噛みしめた。

「ありがとう彰子さん……」

「私はほんとに大丈夫。それより今度は相手を苦しめるだけでいいのね。キノコを使うわ」

「キノコを？」

「ええ、ドクササコというキノコをね」

彰子が多可子の心配をふっきるように、さも、自信ありげに言った。

ドクササコというキノコは別名ヤブシメジといわれるシメジ科の猛毒をもったキノコである。

食べると数日から数週間後に手足の先に焼け付くような激痛が走り、真っ赤になって腫れる。その痛みは焼け火ばしで突き刺されたような、鋭い痛みだと言う。

症状は一カ月から三カ月近くも続き、耐えられないほど苦しむが死ぬことはない。血圧や内臓にはまったく異常が見当たらないことから、キノコの中毒とは気付かない。そんな代物なのだ。

多可子は毒キノコから抽出された成分を使えば、気付かれずに投与できる、と彰子の説明を聞いて、それでいい、というふうにうなずいた。

「ねえ、新浜は問題ないと思うけど、聖香が呼び出しに応じるかしら」

彰子が気にして聞いた。

「大丈夫よ。こちらには呼び出しには応じさせるだけの材料があるもの」

「後継者に決まっている聖香としては、無下に断るわけにはいかないか……」

彰子が納得したように大きくうなずいた。

「じゃあ、そろそろ出かけましょうか」

促した多可子はゆっくり立ち上がり、腕時計で時間を確認した。

時は午後十一時半を少しまわったところだった。

新浜の行き先はわかっている。いまごろなにも知らずに、『宇宙真心教』購入の件でラブホテルのオーナーと渋谷のホテルで会っているはずである。

彰子が新しく創設した教団の売り主として、最終的な話し合いをするために会うことになっていた。だから、こちらが出向くまでは、どんなに遅くなっても待っている。

多可子と彰子は、気を引き締めてオフィスをあとにした。

7

多可子と彰子は、乗用車で新浜たちの待っている渋谷のホテルへ行った。

駅前は相変わらず人が多い。ラブホテル街、道玄坂から少し離れている位置にあった目的のホテル付近は、繁華街の明るさから考えるとずいぶん薄暗かった。

(これくらいの明かりなら問題はないけど、少し人通りが多いわね)

多可子は周囲に目を配りながら、少し離れた場所で車を停めた。快楽の一時を過ごしたのだろう。ラブホテルの中からアベックが肩を抱き合って出てくる。車の中からはっきり姿が確認できた。入口は、客が入りやすいように、と考えてだろう、明かりは抑えぎみだった。しかし多可子は時々、停めている車の傍を通る人の姿が気になった。

「今から三十分後に話をつけて、出てくるから」

彰子が腕時計を見ながら言う。時計の針は午前零時ちょうどを指していた。

「隠しマイクは大丈夫ね」

「ええ」

「それじゃ、時間を確認しておきましょう」

「そうね」

二人はおのおの自分の腕時計を見ながら、時間を合わせた。

「じゃあ、行ってくるわね」

「新浜との契約は白紙に戻るし、どのみちオーナーの景山が教団を買い取ることになるだろうから、そのつもりで話しておいて」

「そうよね。この世にいなくなる相手との商談は成立しないものね。それじゃ」

「気をつけてよ」

多可子の言葉にうなずいた彰子は、膝の横に置いていたバッグを手に取り、乗用車から降りた。

真っ直ぐホテルへ向かって歩いてゆく彰子の後ろ姿を見つめながら、ギヤをローに入れた多可子は、車をゆっくり発進させ、仕事のしやすい条件のいい場所へ移動させた。

(——ここなら見通しもいいし、ほとんど人通りもない——)

多可子は、周りをそれとなく観察しながら納得した。が、さらに念には念を入れなければと思い、車を降りた。

周囲はビルが立ち並んでいる。男と女のカップルを誘うように、あちこちできらめいているラブホテルのネオンが、視野の中に入ってきた。

人知れず断罪を終わらせるには、細心の気を配らなければならない。目の高さに見える範囲内に人の姿が見えないからといって、安心はできないのだ。ビル街であればあるほど、どこに誰がいるかわからない。万に一つでも現場を他人に見られれば、その目撃者まで処刑しなければならなくなる。

(私は殺人鬼でも、人を殺して愉しんでいる異常者でもない——)

多可子はいつも自身にそう言いきかせていた。闇の世界に首を突っ込んだときから、断罪をしなければならない理由があるときは非情、冷酷に殺しを実行に移す。

生かしていて世のため、人のためにならない者。処刑するに足る相手なら殺しもする。だが、理由のない殺しだけはしたくなかったし、してはならないと考えていたのだ。

しかし一方で、せちがらく、冷めきった世の中になったものだと思っていた。あまり綺麗事は言えないが、断罪しても次から次に、また断罪しなければならない相手が出てくる。そのうち見知らぬ誰かから、私自身も処刑されるだろう。

私のように闇の世界で生きている人間は、ほかにもきっとどこかにいる。毒は毒を以て制するというが、私たち闇の断罪人の存在を知った者が、いずれ自己防衛のために狙ってくる。

そのときはそのときで仕方がない。今はまだ誰にも気づかれてはいない。でも、いずれ警察に逮捕され、死刑台へ送られることになる。私たちはもう、どこにも逃げる場所はないのよ。犯罪を憎み、取り締まるべき検事が裏で闇の断罪人として人殺しをしているんだもの——。

と多可子は考えながら視線を移動させ、ビルの様子を注意深く調べた。

大丈夫のようね——。多可子は、周囲の確認を終えて、再び車に戻った。後部座席からバッグをつかみ、クロスボーを取り出した。

「遅くなりました……」

部屋の中に入った彰子を景山と新浜が迎え、ソファから立ち上がった。

目を細め、笑顔をつくって軽く頭を下げた新浜に愛想よく話しかけた景山が、彰子を紹介した。

「新浜さん、『東京総合心理研究所』の石川社長です」

「そうですか、新浜です。この度はいろいろお世話になりました。しかし、意外でした。話には聞いていましたが、こんなに若くて美人の方が社長さんだとは——」

「まあ、初対面ですぐお世辞ですか？　でも、誉められれば嬉しいのが女心。新浜さんも女性の心理をくすぐるのがお上手ですね」

彰子が柔らかい微笑を投げかけながら、これまで何度も会ったことがあるような感じで、気安く話しかけた。

膝を少し斜めにした姿勢がなんともいえない色気を匂わせている。

ワインカラーの短いスカートの裾からはみ出した膝頭と、丸くむっちりした太股が美しい。思わずごくりと生唾を飲み込みたくなるほど魅力的だった。

「さっそくですが、最終的な教団の引き渡しはいつごろになりますか。新浜さんはできるだけ早くお願いしたいとおっしゃっているのですが」

景山が、彰子の股間にちらっちらっと好色な視線を向けながら、すぐ本題に入った。

「遅くとも二、三日中には。でも、ご縁て、不思議ですね。初めは、てっきり景山さんが税金対策で教団を持つものとばかり思ってましたのに」

「申し訳ありません。私も瑞帆さんに相談したときはそのつもりだったのですが、この新浜さんがどうしてもとおっしゃるものですから——」

「私はどちらでも構いません。これもビジネスですから。必要なら、いつでもべつの宗教法人をつくってさしあげますわ、ホホホホ……」

彰子は、わざと大仰に振舞った。

この景山も、いずれ教団を欲しがる。ラブホテルは仕事の体質上、裏金が作りやすい。かといって、裏金が貯まっても、その金では表の商売がやりづらい。

宗教法人を手に入れれば、せっかくつくった裏金のために税金で苦労することはない。表に出せないお金を、法律で認められた収益事業で、有効に利用することもできる。

この新浜が死亡したとなると、また話を蒸し返し、教団を手に入れたがるだろう、と彰子は考えていた。

「そのときはぜひ——」

「しかし石川さん、正直なところ、こんなに早く許可が下りるとは思いませんでした。あなたの政治手腕は大したものです。ほんとに感心しました」

新浜は、自身が長年宗教にたずさわっていただけに、新規に宗教法人を設立する時、どのくらいの日数がかかるか、よく知っていた。

（通常の三分の一の日数で許可を取ってくるとは……たぶん、この肉体を使って政治家をたぶらかし、動かしたのだろうが……）

と、新浜は腹の内で思いながら、真面目な顔をして契約条件を確認した。

「それでは石川さん、教団売買は六億でよろしいのですね」

「え、ええ……それで結構です」

一瞬戸惑った彰子は、すぐに話を合わせた。

こちらは当初五億円で契約を結んでいた。それがもう、一億円上乗せして六億円になっている。そうか、景山は一億の儲けを見て、自分が購入するはずだった『宇宙真心教』を転売したのか、と思い、あらためて景山の商売のうまさ、金に対する汚さを見せ付けられたような気がした。

（しかし、新浜はやがて死ぬ。その一億円も手に入らないわよ。今度、教団を欲しいと頭を下げてきたら六億円に跳ね上がっている。一億儲かるつもりが一億損をすることになるのに――）

彰子は笑いたくなる気持ちを押さえて、ちらっと腕時計に目を移し時間を確認した。話し込んでいると早いもの。もう、やがて三十分を経過しようとしていた。

「それでは新浜さん、お金の受け渡しは明日ということでよろしいですね」

「私の方はそれで結構です」

「ありがとうございます」

「では、私はこれで……これからまた人と会わなければなりませんので」

新浜が挨拶をして立ち上がった。

「そうですか、それじゃ詳細は石川さんとあとの段取りをお話ししておきますから——」

景山がほっとしたような顔をして、にこにこしながら言う。

(この男、一億ピンハネすることを話すつもりだろうが、私の方は願ったりかなったりよ。欲の皮の突っ張った景山がいたおかげで、私のアリバイはきちんと証明できるし、してくれる)

彰子は内心ほくそ笑みながら、部屋を出てゆく新浜の後ろ姿に冷たい視線を送っていた。

8

「そろそろ出てくるころだ——」

隠しマイクから流れてくる会話を聞いていた多可子の腕に力が入る。

クロスボーのツルを引き、矢を装塡する。

車のガラスは黒くコーティングされていて、外からは車内がよく見えない。多可子は後部座席に移っていた。こうすることで、より外部から発見されにくくしていたのだ。車窓のガラスを半分下ろし、助手席のシートに弓を固定した。全神経を目に集中させ、スコープをのぞきながら照準をホテルの入口に合わせた。

緊張が手にじっとり汗をかかせる。

(黒地に縦縞のスーツ……手に黒いスーツケースを持っているか……)

多可子は隠しマイクを通して彰子の口から漏れてくる言葉から新浜の特徴を確認しながら、濡れた掌を傍らに置いていたタオルで拭い、再びクロスボーを手にして神経を集中させた。

とっぷりと暮れた街並みは静かだった。

生唾が口中に溜まる。ごくりと喉を鳴らし唾液を流し込んだ多可子は、フーッと肩で大きく息を吐き、緊張する気持ちを整えた。

新浜も、権力という欲に取り憑かれなければ命を縮めることもなかった。この断罪を終えたら、年夫さんも安心して永遠の眠りについてくれるだろうし、私の過去もふっきれる。

多可子はそう思いながら、新浜の出てくるのを待っていた。

これまで闇の処刑をひそかに続けてきた。どんなに冷酷、非情なことでも気持ちが動揺することはなかった。

たしかに、今日も冷静だった。しかし、今回はなにかが違う。やはり婚約者であり、彰子の兄だった年夫を殺害した相手を断罪する。そんな肉親に対する情と憎しみ、恨みのような激しい感情が多可子の気持ちをいつになく昂らせていたのだ。

闇の断罪人にとって、相手の命を奪い損ねることは、自身の命取りになる。だから絶対に失敗は許されない。どんなことがあっても仕留めなければならなかった。

処刑しようとする相手が静止しているのであれば、確実に心臓なり頭を撃ちぬくことはできる。そう難しいことではないだろう。しかし、狙う的は人間、ほとんどの場合動いている。もちろん相手にも、周囲の誰からも不審をもたれ悟られてもならない。人知れず、ひそかに仕事を終えなければならないのだ。

クロスボーを使う多可子に与えられたチャンスはただの一度。一瞬の動きをも見逃せないだけに全神経を使う。一本の矢で確実に相手の命を奪わなければならない。一発必殺、それが多可子の断罪のやり方だった。

（出て来た、あの男に間違いない——）

スコープをのぞいていた多可子の目が、鋭く光った。

彰子の言うとおり、特徴がはっきり目に映った。

ネオンの明かりにはっきり姿が浮かび上がる。

顔が険しくなる。

目尻の筋肉がヒクヒクッと痙攣する。

息を止めたその瞬間、シュッと空気を短く切る音を残して銀色の矢が弓から離れた。

「ウグ――！……」

新浜の体が後ろにのけぞる。

手に持っていたスーツケースが宙に舞う。

顔を歪め、路上に倒れ込む新浜の頭部を、矢が見事に撃ちぬいていた。

（おまえの信じていた神のもとへ行くがいい）

フーッと大きく息を吐き出した多可子は、弓をすばやくバッグに納めた。何食わぬ顔をして車内で運転席に移る。エンジンが静かな音をたてる。

（さて、あとは彰子さんが最後の仕上げをすれば、それですべて片がつく――）

多可子はそう思いながら、路上に倒れた新浜から目を外し、ゆっくり車を走らせた。

9

彰子はホテルを出たあと再び多可子と合流し、聖香を訪ねた。

午前五時五十分。外はもうしらじらと夜が明けかけていた。

通された『聖マリエス神霊教団』の応接室に美女三人が向かい合って座った。信者がお茶を運んできてテーブルの上へ置く。その信者が部屋から出たあと、ひとり残った聖香に、さっそく彰子が話しかけた。

「聖香さん、このテープを聞いていただきたいのですが」

テープは新浜と継子、そして小平と美里の会話。それに、自供した内容が録音されている。重要な部分だけを一部、編集し直したテープだった。

「あなたは……」

聖香が、彰子の顔を見て思い出したのか、驚いたような顔を見せた。

「お気付きになられたようですね。そうあなたの教団の顧問弁護士をしていた、石川さんの妹さんです」

多可子があらためて紹介した。

(今ごろなんの目的があって、私の前に顔を出したのだろう——)

と考えた聖香は、仕方なく言われるがままに黙ってテープを聞いた。

かなり長い時間を要したが、顔色一つ変えずに、黙って辛抱強くテープに聞き入っていた聖香が、そのテープを聞き終わったあと、不機嫌な表情をあらわにして言う。

「内容はわかりました。しかし、教団とはまったく関係のないことです。あなた方はなんの目的があってこんなものを持ち込んだかは知りませんが、こうした物を持ち込まれること自体、大変迷惑です」

「まあそう言わずに、私たちの話を最後まで聞いたうえで、迷惑かどうか判断していただく方がいいと思いますよ」

彰子がじっくり腰を据えてかかった。

もちろんはじめから、すんなり事実を認める者などいない。話を聞き入れるか入れないか、生かすも殺すも聖香の出方ひとつだと思っていた。

その彰子の言葉に続いて、多可子がさらに話をつないだ。

「教団の幹部が、これだけの証言をしているのです。まったく教団に関係ないとは言いきれないでしょう」

「教団内で権力争いがあるとかないとか。そのテープ自体も本物かどうかわかりません。話を捏造《ねつぞう》し、教団を誹謗中傷する方々は大勢いますからね」

「このテープの内容が捏造したものかどうか、今すぐここへ幹部の方をお呼びになって、直接たしかめていただいても結構ですのよ」

すでに五人の断罪は終わっている。この場に顔を出すことも、連絡を取って確認することも絶対にできない。内心そう考えていた多可子は、強気に話を続けた。

「聖香さん、これだけでは認められないとおっしゃるのでしたら、五年前の弁護士を殺害した事件に教団がどう関わっていたか。九州で実の親に殺された信者とその家族がなぜ自殺したか。しかも、その原因を突き止めようとした女性が殺された事件。あなたが別教団をつくっていたことなど、なにもかも洗いざらい表沙汰にしてもいいのですよ。すべての証拠は私の手の中にありますから」

「……」

「この事実を信者が知れば、教団の信用、いや、次期教主の座が決まっているあなた自身の信用も失うことになるでしょうね。違いますか？」

多可子の言葉を聞きながら、表情を強張らせた聖香は、内心、この話は他の信者に聞かれたくない、と思った。

聖香はドアの鍵を掛けるためにソファから立ち上がると、入口へ向かった。

（今だわ——）

多可子がちらっと彰子を見ると、彰子は手の中に握り込んでいたカプセルから、ドクササゴを精製して抽出した成分を、お茶の中へす早く落とし入れた。

聖香は気付かなかった。ドアの鍵を閉め再び元の席へ戻ってきて、多可子と彰子の前に座った。

「……あなた方は、どうすれば気が済むのですか」

「それは、あなたの考え方次第ね」

多可子が冷ややかに言う。

「——要求はなんです……」

　聖香は厳しい表情を見せたが、冷静に応対した。

（この女、さすがに教主の娘だけのことはある。内心ではかなり動揺しているはずなのに、まったく顔に出さない。大した女だわ——）

　彰子はそう思いながら、さらに話を続けた。

「教団としても、このような恥を公にはしたくないでしょう。そこで、あなたさえ承知なら、私どもは取り引きしてもいいと思っているんです」

「取り引き？……」

「そうです。教団のイメージを落とさないようにするため、教団にとって致命的ともいえる事実を一切隠蔽し、なにもなかったことにしてもいいと考えているんですがね」

「……」

「教団としても、分裂という最悪の事態は避ける方がいいのではないですか」

「さあ、実際にそういう分裂騒ぎが起きるかどうか、それはあなた方が勝手に考えていることでしょうからね」

　聖香はしたたかだった。すんなりと話を受け入れなかった。

「しかし、いくら隠そうとしても権力争いがあることはまぎれもない事実。それよりも、できるだけ波風立てずに丸くおさめて、これまで以上に教勢を拡大するほうが教団も、いや、次期教主のあなたも、その方がいいんじゃありませんか」

「なるほど、そういう考え方もあるということだけはお聞きしておきましょう。はっきり申し上げておきますが、たとえ幹部の間に権力争いがあったとしても、私はいっこうに構いません。私はただ、教主様のあとをついでこの教団を守っていくのが務めですし、信者は私を信用してますから、あなた方が考えるほど動揺しないと思いますよ」

聖香はさも自信ありげに言ってのけた。

それでも、気持ちを落ち着かせようとしたのか、テーブルの上に置いてあった湯呑みを手に持ち、ゆっくりと一口お茶をすすった。

「なるほど、あなたがそう言うつもりなら、それでも結構です。しかし、信用を失って困るのはあなた自身だということも認識した方がいいと思いますよ。今の状況からするとすでに幹部の間に亀裂が起きている。この亀裂がさらに広がり、万に一つでも教団が潰れるということにでもなれば、あなたは今の教主様の意思を守ることは、現実問題としてできないのではないですか。それより、あなたが教団のトップになるのだったら、より強固な教団のつながりをつくる方向で考えたほうがいいと思いますがね」

彰子は、湯呑みを再びテーブルの上に戻した聖香の様子をじっと見つめながら、厳しく話した。

「――教団内のことは、あなた方外部の方とは一切関係のないことです。内部に立ち入られるのは、それこそ迷惑です」

「別に私たちは、教団の運営に口を挟む気はありません。しかし、あなたが、私たちの話に一切耳を貸そうとしないで勝手にしろというのなら、私たちはありとあらゆる手段を用いて教団を潰してみせます。これまでの事件について、教団に責任がないとは言わせませんからね」

興奮させれば喉が渇く。できるだけ気持ちを苛立たせて、あのお茶を全部飲ませなければ、と考え、厳しい言葉を投げかけた多可子から聖香が目線を外した。

（この者たちの目的はたぶんお金。お金でかたがつくのなら、あまり事を荒立てることもないだろう。お金なら信者からいくらでも集められる）

と考えながら、顔を上げた聖香は、二人の顔をゆっくり見て、取り引きに応じる姿勢を示した。

「ここで私とあなた方が、いくら言い争ったところで何の解決にもならないし……もっと具体的に話し合いましょうか」

「わかってもらえたようですね」

「条件をお聞きしましょうか」

「いいでしょう。いまあなたにお聞かせした証拠のテープ、これはほんの一部です。このほかにもいろんな証拠が手元にあります。それらを一切公表しないかわりに、こちらの条件を飲んでもらいます」

「わかりました」

聖香はまったく動じないで取り引きに応じた。

この女性の言う通り、いま教団内部のごたごたを外へ漏らされては困る。父の命はもう長くない。そんなときに教団が分裂するようなことにでもなれば、それこそあとを継ぐ私の力不足を証明するようなもの。そうはさせられない。

教団が半分に割れれば、中には嫌気がさしてやめる信者もたしかに出てくるだろう。そうなっては、せっかく苦労して十二万の信者を集めた教団の信用にも関わる。それより、本当に情報をお金で買えるのであれば、いまのうちに買っておくにこしたことはない——。

そう考えた聖香は、さらに具体的な聞き方をした。

「その情報を、いくらで売ってもらえます？」

「そうですねえ……殺された兄をはじめ、死んだ方たちに各一億ずつ。それから、月々全信者から集める会費の中から、最低一〇パーセントを慰謝料として払ってもらいましょうか」

彰子もはっきり数字を出した。

約十二万人の信者から月額一万円の会費を納めさせても、教団には十二億円もの大金が集まる。その一〇パーセントを取ったとしても、月々一億二千万円の金が入る。年間にすると十四億四千万円の金が確実に入ってくることになる。

十四億といえば大金だが、教団にとってはあぶく銭。元手はまったくかけていない金だから、別に腹が痛むわけでもない。

それに何だかんだと名目をつけて信者からべつに寄付を納めさせれば、十億や二十億のお金を簡単に集めることができる。それからすると、私たちに払うお金はほんの微々たるものよ。

彰子はそんなことを考えながら、聖香の返事を待った。

まだ新浜たち幹部の死に気付いていなかった聖香は、それ以上、くどくは聞かなかった。

このテープだけでも手元にあれば、新浜、小平の両名を自由に意のままに動かすことができる。しかも、私に弱みを握られているとすれば逆らえない。私の言いなりになる。やめさせようと思えばいつでもやめさせられる。しかし今はその時期ではない。この証拠を、万が一のときのために保管しておけば、まさかのときの切り札になる。

それに、たとえこの者たちに十億、二十億払ったところで、教団としての全体的なマイナスから考えれば大したことではない。

父が亡くなったあと、この『聖マリエス神霊教団』の実権を私が握り、二十万、三十万人と徹底して信者を集め、教勢を伸ばせるだけ伸ばしたあと、新浜と小平をクビにすれば、すべてこちらの思惑どおり。

私が事実上、教団の絶対権力者になれる。と考えた聖香は、腹の中でニタリとほくそ笑み、再びお茶を口に含んで、喉を潤すと、

「わかりました。あなた方のおっしゃるとおり、条件を受け入れましょう。その代わり、外部にはいっさい公表しないと約束して下さい」

と、二人の顔を真っ直ぐに見つめながら、はっきりと回答を出した。

（やはり、信者をこれから束ねていこうとする者の考え方は違う。冷たく計算高くならなければ教団のトップにはなれない。しかし、それにしてもこれだけあっさりこちらの要求を飲むとは――）

多可子は笑顔を見せながら、聖香の腹の中を読んでいた。

やはり宗教団体は、金と権力だけに執着している。これが宗教というものの実態なんだ、とあらためて認識しなおした。

「いいでしょう、それでは契約書にサインをいただきます」

彰子がカバンの中から契約書を出してテーブルの上に広げ、

（本来なら極刑に処す相手だが、こうして生かしておいて半永久的にお金を絞り取る方法を選んだ。これでこの事件は一応は片付いたが、彰子さんは、新浜たち教団の幹部を

裏で操っていたこの聖香を、自分の手で断罪したかったろうに。よく気持ちを抑えて我慢してくれた――)

多可子は彰子の気持ちを考えながら、小さく指先を震わせながらサインをしている聖香の手もとをじっと見つめていた。

エピローグ

『東京総合心理研究所』の会議室には、断罪を終えた多可子をはじめ六人の幹部が集まっていた。

「検事、それに皆さん、本当にありがとう。これで兄もやっと永眠できます」

礼を言い頭を下げた彰子の瞳は、うっすらと涙ぐんでいた。

(長かった……)

多可子がふーっと大きく息を吐き出した。

皆のおかげで、やっと事件を解決することができた。今ごろ聖香は蒼くなっているだろう。しかし、こちらには処刑した相手の自供を録音したテープがある。

聖香も自分が年夫さんと恭子さん殺しの共犯であること、いや、共同正犯になることは知っている。だから、たとえ周りの者が殺されたとしても、騒ぎ立てることはできないし、しないだろう。

聖香のことだ。むしろ事実を知っている教団内部の者がいなくなれば自身は安泰だし、信者から集めたお金も独り占めできる。案外せいせいして、腹の中でニンマリとほくそ笑んでいるかもしれない。

あとは教主が死ねば、黙っていてもすべての実権は握れる。はじめから、それが目的だったからこそ自分はまったく手を汚さずに教団の幹部を利用した。

多可子は、『聖マリエス神霊教団』のことを考えながら、ほっとする一方でこれから先のことを考え、気をひきしめていた。と同時に、胸の奥から込み上げてくる熱い感情を抑えながら、今は帰らぬ人となった年夫の面影と、心の中ではっきり決別していた。

「検事、殺された山本恭子さんの両親と、田口佐世子さんの身内の方から連絡が入りまして、今度の件ではたいへん世話になったと、お礼の電話がありました」

布施が報告した。

「そう……できるだけ早く忘れて立ち直ってくれるといいのにね」

「それから社長、一段落つくといいことがあるものですね。社員から報告を受けたのですが、今度、占い師のグループが信者集めに協力してくれるそうです」

「宗教は儲かるからな。金が集まるところには人が集まるか……」

目を輝かして言う布施に、原田が冷めた言い方をした。

その原田の言葉に、神島と瑞帆がうなずく。小さく頭を縦に振った彰子が、確認するように聞いた。

「グループの人数は何人くらいなの?」

「全部で三十人くらいだと聞いています。新宿、原宿、渋谷、自由が丘など若者が集まる街で、現在活躍している占い師ばかりだそうです」

「皆、頑張ってくれているのね……」

「どうです社長、いっそ、その占い師を全員教祖に仕立てて、教団の経営をしては」

原田が身を乗り出して言う。

「それはやめといた方がいい」

神島がすぐに止めた。

「なぜ、その方が儲かるじゃないですか」

聞き返す原田に、横から布施が答えた。

「政治家になるより、政治家は使えというじゃないですか。それと同じで、教団を創って苦労するより、ただ管理をして金を出させるほうがよほど楽ですよ」

「そうよね、こちらが教団を持って苦労するより、他の教団からお金を出させるほうが、よほど利口だわね」

瑞帆がうなずきながら言う。

「そうか……ところで検事、教主の娘の聖香をあのままにしておくというのは、どうも後味が悪くてしょうがない。何かすっきりする方法はないんですかね」

原田が納得できない、というふうな表情を見せた。

「その点は彰子さんが考えて、手を打ってくれています」

「実は、私の調合したキノコの毒を飲ませたの。これからも会う都度続けてそれとなく飲ませるから、二、三ヵ月おきに原因不明の激しい痛みに襲われる。これから先、死ぬまで苦しみながら罪の償いをすることになるわ。物心両面からね。それより皆に相談というか、聞いてほしいことがあるんだけど、いいかしら」

「いいも悪いも、社長、言ってくれなければわからんじゃないですか。何ですかその相談というのは……」

原田があけすけに聞く。

「今度の件で幹部の皆さんをはじめ、社員の皆にも本当にお世話になった。そのお礼というわけではないのだけど、四条検事とも相談して……」

言いにくそうに言葉を濁した彰子に代わって、多可子が話を続けた。

「これは社長の意向なんだけど、戸田聖香から出させた石川弁護士の慰謝料一億円のうち、三千万円は社員の臨時ボーナスとして、残りの七千万円は身体障害者のリハビリステーションの建設資金の積み立てと、在宅老人やエイズ感染者などのケースワーカーを育成する資金に充てることにしましたので、承知していただけますか」

「承知するもしないもないわよね、そうでしょう。社長が良ければ私は大賛成よ」

瑞帆がすぐに賛成した。誰も反対するものはいない。そこには裏の仕事をしている皆の、心のよりどころがあった。張りつめていた気持ちが解かれたのか、オフィスの中にやっと笑顔が戻った。

（皆ありがとう……）

多可子は心の中で感謝しながら、断罪する相手はこれから先もまだまだ出てくる、と思い気持ちを引き締めていた。

解説

染宮　進

兵庫県警察・公安担当。龍一京の前身である。

主に思想犯罪を担当し、殺人事件を含め多くの捜査活動の現場に身を置いて、数多の修羅場をくぐり抜けてきた。

龍一京の作品が、捜査方法や事件現場の描写などにおいて、リアリティ溢れると評される所以である。

そして、それにも増して大きな武器となっているのが、現実の事件の捜査、現実の犯罪者の取り調べを通して皮膚感覚で培った、犯罪者の複雑な、また逆に単純な心理が描けるということであろう。

さまざまな犯罪を犯した人間の動機や心の細かな動きが、豊富な経験をもとに描かれているからこそ、作品に迫力や説得力が生まれるのだ。

ここで作者の簡単な略歴を。

一九四一年大分県生まれ。兵庫県警察の公安担当だったことは前述したが、退職後、不動産関係等の事業を起こし、同時に総合コンサルタントとしても活躍。その経験を生かすべく作家を志し上京、一九八八年に『極道刑事』で衝撃のデビューを飾る。以後、社会の歪みを鋭くえぐる新作を矢継ぎ早に発表、現在までの十三年間で一五〇作以上を世に送り出している。一九九八年には、終戦直後の金沢を舞台に花街に生きた芸妓の数奇な運命を描いた意欲作『雪迎え』(実業之日本社刊)で、第七回日本文芸家クラブ大賞受賞。

さて本書『断罪! 女闇検事』である。

現職のエリート検事・四条多可子、捜査二課の刑事・神島弘之、薬剤師・石川彰子・元建設省官僚・布施洋樹、右翼団体のボス・原田省二、銀座高級クラブのママ・渡部瑞帆の個性の際立つ六人が〝闇の断罪人〟となり、法の手の届かない悪人たちを〝必殺仕置き人〟ばりの必殺技で処刑していく新シリーズである。

新興宗教関係の事件を担当していた弁護士の恋人を殺された四条多可子は、真相に迫るべく隠れ蓑としての宗教コンサルタント会社『東京総合心理研究所』を設立し、それぞれ事情のある仲間を集めて復讐の機会を狙っていた。

機は熟し、ターゲットである宗教団体『聖マリエス神霊教団』に接触するチャンスがやってきた。教団のために破産した女性から依頼がきたのだ。調査を始めた彼らの前に教団内部の汚れた実態が次々に明らかになってくる。醜い権力抗争、汚れた金、乱れたSEX。そして依頼人の死。

〝闇の断罪人〟たちはそれぞれの武器を手に……。書き過ぎてしまうとお叱りを受けそうなのでこの辺で。後は読んでのお楽しみ、この作家ならではの意外な結末が用意されています。

入信させるための洗脳テクニックや教団建物内部の様子など、描かれる宗教団体のディテールはもちろん、欲望の形や登場人物の心理描写も説得力があり、新興宗教の実態に衝撃を受けつつも物語に引きずり込まれるリアリティと皮膚感覚はこの作品にも活かされているのだ。

龍一京は、本作で新興宗教という闇に閉ざされた世界に材を取り、その隠された実体を研ぎ澄まされたナイフのような筆致で暴いて見せる。

そこには、滑稽とも思える教団幹部のはてしない欲望とあさましさ。見せかけの救いにさえ縋りつかざるを得ない信者たちの歯痒いほどの弱さが、やり切れぬ哀しさと共に描かれる。

龍一京は、作中で〝闇の断罪人〟のひとりに言わせる。

(金は神をも、迷わせる)と。

またこうも言わせる。

(苦しかっただろうに……幸せになりたいと願っている信者を、死という最悪な事態にまで追い込む宗教とは一体なんだ――)

龍一京の絶叫は、現実を生きる者たちへ届くのか。

兵庫県警・公安警察官・龍一京の負った痕は癒えているのか。

怒りを振りかざし、哀しみを心に沈めた作家、龍一京がここにいる。

龍一京の口癖である。

「わしは、小説は情《じょう》を書くことだと思っている」

情、人間の喜怒哀楽か、それとも人間の本質か、それとも……。

改まって訊いたことはない。何となくわかっているような気になっている。

今度訊いてみるかな、呑めない酒をたらふく呑ませて。

止めておこうか、筆者の方が先に酔っぱらってどうせ覚えていられない。

(フリー・エディター)

この作品は1993年4月
㈱青樹社より刊行されました。

双葉文庫

り-02-01

闇検事《やみけんじ》 四条多可子《しじょうたかこ》

断罪《だんざい》

2001年3月20日　第1刷発行

【著者】
龍一京《りゅういっきょう》

【発行者】
諸角裕

【発行所】
株式会社双葉社
〒162-8540 東京都新宿区東五軒町3番28号
[電話]03-5261-4818(営業) 03-5261-4839(編集)
[振替]00180-6-117299

【印刷所】
慶昌堂印刷株式会社

【製本所】
株式会社若林製本工場

【表紙・扉絵】南伸坊
【フォーマット・デザイン】日下潤一
【フォーマット写植】飯塚隆士

ISBN4-575-50773-3 C0193